# 高地猎鹰号
# 盗窃案

[英]M.G.伦纳德
[英]萨姆·塞格曼　著
[意]埃莉莎·帕加内莉　绘
刘思捷　译

GUANGXI NORMAL UNIVERSITY PRESS
广西师范大学出版社
·桂林·

| | | |
|---|---|---|
| 出版统筹：汤文辉 | 美术编辑：卜翠红 | |
| 品牌总监：耿　磊 | 版权联络：郭晓晨 | |
| 选题策划：耿　磊 | 　　　　　张立飞 | |
| 责任编辑：吕瑶瑶 | 营销编辑：钟小文 | |
| 助理编辑：梁　缨 | 责任技编：郭　鹏 | |

著作权合同登记号桂图登字：20-2021-188 号


图书在版编目（CIP）数据

　高地猎鹰号盗窃案 ／（英）M.G.伦纳德，（英）萨姆·塞格曼著；（意）
埃莉莎·帕加内莉绘；刘思捷译. —桂林：广西师范大学出版社，2021.8
　（火车探案记）
　书名原文：The Highland Falcon Thief
　ISBN 978-7-5598-3837-7

　Ⅰ．①高… Ⅱ．①M… ②萨… ③埃… ④刘… Ⅲ．①儿童小说—
长篇小说—英国—现代 Ⅳ．①I561.84

　中国版本图书馆 CIP 数据核字（2021）第 101410 号


广西师范大学出版社出版发行

（　广西桂林市五里店路 9 号　邮政编码：541004　）
（　网址：http://www.bbtpress.com　）
出版人：黄轩庄
全国新华书店经销
唐山富达印务有限公司印刷
（唐山市芦台经济开发区农业总公司三社区　邮政编码：301501）
开本：880 mm×1 240 mm　1/32
印张：11　　字数：120 千字
2021 年 8 月第 1 版　　2021 年 8 月第 1 次印刷
定价：49.80 元

如发现印装质量问题，影响阅读，请与出版社发行部门联系调换。

献给我的丈夫、儿子和其他家人们。

M.G.伦纳德

献给我的父母。无论我做什么，他们
都以宽广的胸怀支持着我。

萨姆·塞格曼

# 高地猎鹰号路线图

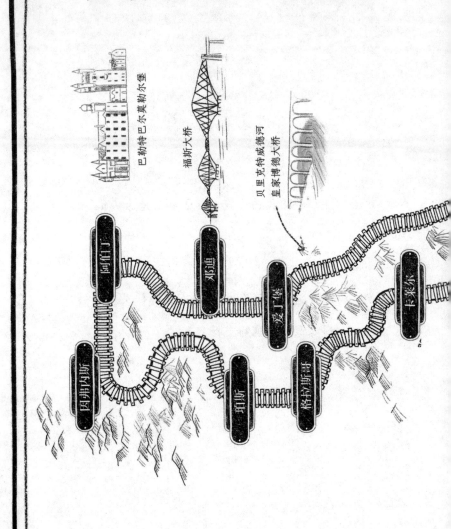

巴勒特巴尔莫勒尔堡

福斯大桥

贝里克特威德河
皇家博德大桥

阿伯丁

邓迪

爱丁堡

因弗内斯

珀斯

格拉斯哥

卡莱尔

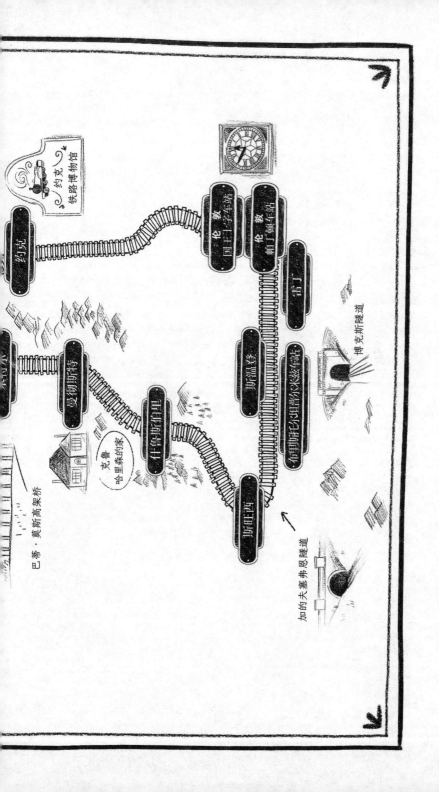

约克

约克铁路博物馆

伦敦国王十字车站

伦敦帕丁顿车站

雷丁

斯温登

布里斯托尔坦普尔米兹车站

博克斯隧道

斯旺西

什鲁斯伯里

曼彻斯特

克鲁森的家

哈里森的家

巴蒂·莫斯高架桥

加的夫塞弗恩隧道

说到火车，还有什么交通工具能比火车还要好呢？……乘坐火车旅行可以看到人、城镇、教堂与河流……事实上，你所看到的即是生活本身。

阿加莎·克里斯蒂

# 目录
## CONTENTS

1 　第一章　车票

10 　第二章　高地猎鹰号

19 　第三章　戴钻石的狗

26 　第四章　盛大的起程

40 　第五章　一团糟

53 　第六章　幽灵的晚餐

58 　第七章　福斯湾

67 　第八章　王室专列上的逃票者

76 　第九章　行走自如

84 　第十章　驾驶台

95 　第十一章　喜鹊

108 　第十二章　时间的发明

118 　第十三章　秘密的洗手间

130 　第十四章　向巴尔莫勒尔致敬

139 　第十五章　楼梯之下

151 　第十六章　秘密与烤饼

162 　第十七章　发电机室里的小窝

173　第十八章　破碎的阿特拉斯钻石

182　第十九章　早餐时的问询

195　第二十章　间谍与不在场证明

206　第二十一章　巴蒂·莫斯

215　第二十二章　悬而未决

223　第二十三章　龙之蒸汽

230　第二十四章　转动的钥匙

237　第二十五章　静态观察

248　第二十六章　声音与视觉

256　第二十七章　真相大白

271　第二十八章　逮捕罪犯

281　第二十九章　整装待发

287　第三十章　行李车厢

299　第三十一章　轨道的终点

310　第三十二章　走下火车

324　第三十三章　下一站

331　作者笔记

335　致谢

# 车　票

　　哈里森·贝克从黄色带帽夹克的口袋里掏出一支圆珠笔，把笔熟练地绕着食指转了一圈，笔尖恰好转到了朝下的位置。他顺势握住圆珠笔，在桌上摊开的报纸中缝随意画了起来。看到爸爸因为焦急而露出的抬头纹，他感到有些紧张。

　　科林·贝克放下正在阅读的报纸，沮丧地叹了口气，指了指车站的时钟："你哥哥说他五点钟在这儿和我们碰头。我们现在就在他说的咖啡馆里，而且现在已经五点了。"他看了看车站里穿梭的人流，向妻子发问："他在哪儿呢，贝弗利？"

"别烦，亲爱的，"贝弗利·贝克温和地劝丈夫，"这会让你消化不良的。"她把手轻轻地放在他的胳膊上："纳撒尼尔会来的。"

哈里森端详着妈妈的脸，握着笔的手微微抖动了一下。她看起来很累，爸爸的蓝色粗呢大衣把她包裹得严严实实。她怀孕了，现在正挺着个大肚子。没有人问过哈里森想不想要一个小妹妹——不管他喜不喜欢，他都会有一个妹妹。他放下笔："妈妈，我不想和纳撒尼尔舅舅一起走，我想和您待在一起。我不喜欢火车，它们太无聊了。"

"我知道，小宝贝，"妈妈伸出手，揉了揉他的头发，"但跟舅舅相处一段时间对你会有好处的。他是个很有趣的人。"

哈里森拉长了脸。不管什么时候，只要大人说某件事情对你有好处，那它多半很无聊，或者很恶心，又或者两者都有。

"不然你只能待在医院的候诊室里，哪里也去不了。你也不想在那种地方结束你的暑假吧？"她拍了拍他的手，继续又说，"说不定你还会玩得很开心呢！"

"不会的。"哈里森抬起头，望向车站玻璃屋顶外多云的天空。他不想和只在圣诞节才会见上一面的古怪舅舅一起乘坐火车旅行。国王十字车站①高高的拱顶上装饰有白色的格子纹理图案，这使得整个车站看上去就像是一个巨大的蜂巢，来来往往的乘客就像是一只只小蜜蜂。一群乘客，有的拖着箱子，有的拎着公文包，正在车站里穿梭。一个男人正站在堆满了报纸的金属架旁边，一个劲儿地向过往的人群兜售报纸。一位穿着正式的女士似乎是准备把报纸带到火车上看。当她从这个男人的手里接过一份报纸夹在腋下时，哈里森瞥见了那张报纸头条的标题——"珠宝窃贼再次作案"。此时，两只昂首挺胸的鸽子大摇大摆地向哈里森走来，边走边在地上啄食。

科林·贝克抬腿朝两只鸽子的方向踢了一脚。"走开，"他嘟囔道，"讨厌鬼。"

哈里森朝爸爸皱了皱眉，从自己吃了一半的火腿三明治上撕下一片面包皮，然后蹲到桌子下面，把面包皮扔给了那两只惊恐的小鸟。地上的面包皮让鸽子们陷入了一场激烈的争夺战。就在这时，一双印有三道白色条纹的深灰色仿麂皮运动鞋出现在桌子旁边。哈里森抬起头，眼前栗色的人字形图案休闲长裤上有笔直的裤线——来的只可能是那个人。妈妈起身

① 国王十字车站位于伦敦，是英国重要的交通枢纽。——译者注

时，她的金属椅子在地上向后滑了一小段距离，发出了刺耳的摩擦声。

"纳撒尼尔！"她喊了一声，然后摇摇晃晃地走到桌子另一边，用胳膊搂住了她的哥哥。

"小心，贝弗利，你要把我撞倒了。"纳撒尼尔舅舅放下破旧的皮箱，拥抱了一下自己的妹妹。"怎么样，宝贝？你还好吗？"他问道。

"嗯，"妈妈一边回答，一边飞快地瞟了一眼哈里森，"我很好。"

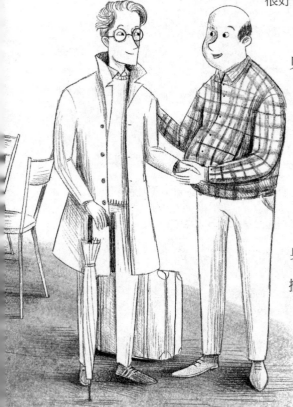

"纳撒尼尔，很高兴见到你。"爸爸站起身来，一把抓住纳撒尼尔舅舅的手，用力地握了握，"我们很感谢你愿意帮这个忙——真的很感谢。"

哈里森的目光从舅舅身上移到了爸爸身上。纳撒尼尔舅舅仿佛是由一条条直线组成的：他身材瘦削，梳着整齐的直发，戴着一副玳瑁眼镜，米黄色的雨衣、芥黄色的毛衣与他的裤子、鞋子都很相配。相比之下，爸爸则很像是由杂乱的圆形组成的：他长着一张慈祥的圆脸，发际线这几年变得越来越高，头发花白的头顶中央已经有一块秃了。他的肩膀微微前倾，海军蓝的格子衬衫被塞进了系着腰带的棕色斜纹棉布裤里，圆鼓鼓的肚子显得越发突出。

纳撒尼尔舅舅转向哈里森，一双眼睛闪闪发亮。"是时候多了解一下我的外甥了。"说着，他向哈里森伸出了一只手，"圣诞节后你长高了不少，哈里森。你对我们的蒸汽动力之旅感到兴奋吗？"

哈里森握了握舅舅的手，点了点头，但他不会说自己觉得很兴奋，因为那是一句谎话。和古怪的舅舅一起去苏格兰，往返搭乘的还是英国速度最慢的火车，这并不是他感兴趣的旅行。

"哈里森跟你一起去，你确定没问题吗？"妈妈说着，拿起哈里森的背包，帮他背到了肩上，"我已经跟他说过了，如果你要工作，他不会打扰你的。"

纳撒尼尔舅舅是一名记者兼旅行作家，他同意带着哈里森一起踏上旅程。与此同时，贝弗利·贝克要去医院生孩子了。

"绝对没问题，别担心我们。"纳撒尼尔舅舅小心翼翼地把手放在他妹妹的肚子上，"你专心把孩子安全地带到这个世界上来就好了。我们四天后回来，希望到时候你们可以三个人一起到帕丁顿①车站来接我们。"

"对。"哈里森气呼呼地点了点头。他的嘴微微动了动，但没有再说出别的话了。

"我不会有事的，哈里森。"妈妈轻声说着，弯下腰，把手放在了他的脸颊上，"你不用担心，你爸爸会照顾我的。"说着，她解开了挂在脖子上的银项链，"来，戴上爷爷的圣克里斯托弗像章②——旅行者的守护神会在旅途中守护你。"

哈里森用大拇指和食指捏了捏那枚像章。他能感觉到像章上雕刻着的圣克里斯托弗形象——手里拿着拐杖，肩上扛着孩子。"可如果您需要它呢？"他问妈妈。

"你可以回家后再把它还给我。"她帮哈里森把项链系上，顺

---

① 帕丁顿为英国大伦敦威斯敏斯特市的一个地区，以帕丁顿火车站著称，该车站是英国一个重要的铁路终点站。——译者注
② 圣克里斯托弗是西方民间传说中广为人知的人物之一，传说他背着人们渡河，被尊为旅行者的保护神。——译者注

手理了理他的外套，拉出了被背包压住的帽子。然后，她用指尖拂过哈里森金色的头发："你会乖乖地跟舅舅待在一起，对吧？"

"嗯，妈妈。"

"高地猎鹰号要走哪条路线，纳撒尼尔？"爸爸问。

"我们将沿着东海岸前往巴尔莫勒尔①，明天会先在那里停下来吃顿午饭，然后再绕着苏格兰转一圈，最后从西边回来。"

爸爸点了点头。"他们花了好几天的时间装饰克鲁②。今天我们刚下火车的时候，这个车站确实让人眼前一亮、印象深刻。"他说。

"我估计会有许多盛大的庆典活动，"纳撒尼尔舅舅朝哈里森眨了眨眼，"这将成为你终生难忘的一段旅程。"

"你能参加这趟旅行真是幸运，孩子。"爸爸拍了拍哈里森的肩膀，"我记得我还是个小孩子的时候，每次高地猎鹰号经过克鲁，我都会向它挥手。它可真是一列漂亮的火车。"

"我会想你的。"妈妈抱了抱他，"听你舅舅的话，我们四天后见。"她说。

---

① 巴尔莫勒尔位于苏格兰的阿伯丁郡，此地有英国王室在苏格兰的乡间城堡巴尔莫勒尔堡，城堡建于 1853 年。——译者注
② 克鲁为英格兰西南部柴郡的一座城镇，是重要的铁路枢纽。——译者注

“我们肯定会玩得很开心的。”纳撒尼尔舅舅拎起手提箱，把伞搭在胳膊上，然后牵住了哈里森的手，“好了，得赶紧走了，我们可不想错过火车。”

哈里森一句话也说不出来，他甚至都没有好好地说一声再见。纳撒尼尔舅舅拽着他快步穿过广场，他的父母朝着他们挥手、微笑，渐渐远去。他看到爸爸用手臂护住妈妈，两人转身走进人群，就这样离开了。

“我先把你的火车票给你，等会儿要用到。”纳撒尼尔舅舅松开哈里森的手，把手伸进了雨衣口袋。

哈里森还在扫视着人群，希望能再看一眼爸爸妈妈，但他看到的都是陌生人毫无表情的面孔。他感到心里空落落的。就在这时，纳撒尼尔舅舅把一张白色的长方形卡片塞到了他的手里。

“你准备好了吗，哈里森？”他说话的声音非常温柔，像极了自己的妈妈。

哈里森扭过头，抬眼看了看舅舅，点点头说：“我准备好了。”

一群人聚集在站台入口处，互

相推拉，争抢着能够拍到照片的最佳位置。

"咱们就不要在红毯上磨蹭了，"纳撒尼尔舅舅边说边大步向人群走去，"把舞台留给那些喜欢聚光灯的人吧！"

哈里森低头看着自己的黄色夹克和有些褪色的蓝色牛仔裤，忽然感到一阵恐慌，自己穿的这身衣服可能不适合走那条用来迎接乘客的红毯。

"请出示车票。"一名穿着制服的警卫向他们示意。哈里森拿出那张写着自己名字的白色卡片。蹲守在此的狗仔队的闪光灯交相闪烁。"哈里森·贝克，欢迎你踏上高地猎鹰号的最后一趟旅程。"警卫微笑着对他说道。

王子殿下
诚挚地邀请
哈里森·贝克
参与高地猎鹰号
的
最后之旅

# 高地猎鹰号

最先映入哈里森眼帘的是一节晶莹透亮的玻璃车厢。车厢的下半部是刷过油漆的木头，上半部则是透明玻璃，这些

玻璃用金色的金属框固定，从车厢的两侧向上延伸直到顶部。车厢里是郁郁葱葱的绿色热带植物，就像一个温室。

"怎么火车上还有温室？"他问。

"这是一节观光车厢，"舅舅笑着说，"是用来观赏风景的。方便我们欣赏窗外的景色。"

"等天黑之后，你可以在这里躺在沙发上看星星。"舅舅又说。

这时人群中突然传来一阵骚动。哈里森转过身，看见一位身穿蓝色衣服的女士正在红毯上招摇却不失优雅地向前迈步。她回头对着镜头，噘了噘红红的嘴唇，然后又猛地扭过头去，莫名其妙地哈哈大笑起来。

哈里森惊讶地吸了一口气。"塞拉·奈特！她在这儿干什么？"他问。

纳撒尼尔舅舅却大步从红毯上走开，没有作答。

"塞拉·奈特很有名，"哈里森追上舅舅，"她是个电影明星。"

"塞拉·奈特只是其中的一名乘客，"纳撒尼尔舅舅说，"她也是此次盛大旅程中的一员。"

"塞拉·奈特会跟我们搭乘同一辆火车？不可能吧？"哈里森迫不及待地想要把这件事告诉他最好的朋友——本。作为塞拉·奈特非常忠实的粉丝，本肯定会嫉妒得说不出话来。"这趟盛大的旅程有什么值得期待的吗，纳撒尼尔舅舅？我们要做什么？"

"我们吃、住、睡在英国最好的一列火车上。"纳撒尼尔舅舅说，"我们是无名之辈，不像王室夫妇，他们责任重大，需要费心费力办好所有的苦差事。"

"王室夫妇？"

"你妈妈没告诉过你我们搭乘的是一列王室蒸汽火车吗？"

"我没仔细听，"哈里森只得老实承认说，"我当时满脑子想的都是我要留下来帮爸爸照顾妈妈。"

纳撒尼尔舅舅把手放在哈里森的肩膀上，弯下身子。"你知道怎么做才最能帮助到你妈妈吗？"他问。

"我别碍事。"哈里森盯着地板说。

"不，是你和我度过了一个愉快的假期，回来的时候带着一肚子的故事。在她养身体的时候，你可以把路上的见闻一一说给她听。我们回来以后，你还有很多机会可以照顾她。要是知道你玩得很开心，你妈妈也会很高兴的，不是吗？"

哈里森勉强地点了点头。

"好了，是时候开始享受生活了。你看那个露台，"舅舅用伞尖指着观光车厢延伸出来的一个露台，"多精致的铁艺制品！看到王室徽章周围的花卉图案了吗？真是太好看了。"

哈里森看着那个用金属制成的露台，附和地说道："嗯，是的，很棒的铁艺制品。"

"等王室夫妇在巴勒特①上车后，高地猎鹰号会减速至步行速度通过车站。王子和王妃将站在露台上向祝福者们挥手致意，以此庆祝他们刚刚结束的婚礼。"说完，纳撒尼尔舅舅抬起一根手指头，一个搬运工急忙跑了过来。

"有什么吩咐，先生？"留着寸头的搬运工说。

"九号包厢，谢谢。"纳撒尼尔舅舅取下哈里森背上的背包，放在自己的手提箱旁边。"现在，哈里森，"他举起伞尖，"走吧，去看火车头！"他们沿着站台往前走。经过一节车厢时，纳撒尼尔舅舅伸出手来指着说："看哪！普尔曼车厢②——最奢华的车厢。"

---

① 巴勒特是苏格兰的一个村庄，距离英王室在苏格兰的乡间城堡巴尔莫勒尔堡 12 公里。英王室乘坐火车前往巴尔莫勒尔堡时，通常会在巴勒特车站下车。——译者注
② 普尔曼车厢一般指极其奢华的列车车厢，其名称源自该车厢的创始人乔治·普尔曼的名字。——译者注

哈里森从没见过一个成年人如此热爱火车。当舅舅热情洋溢地向他介绍火车的情况时，哈里森发现自己也受到了感染，微笑出现在他的脸上。

纳撒尼尔舅舅突然停下了脚步，哈里森一个没留神撞在了他的后背上。"你看见那节车厢是红色的吗？那是猩红色——王室的专用颜色。"舅舅说。

"那节车厢，"纳撒尼尔舅舅继续说，"是爱德华国王厅。它是战前为国王乔治五世建造的，里面有一个很棒的图书室，还有可以玩飞镖的游戏室。"

"玩飞镖？在奔驰的火车上会不会有点儿危险？"

"当然，但也有趣得多。哦，这是餐车，我们早中晚饭都要在这里吃。此外，我们还要从这里穿过那扇双层门，登上火车。"

一个高个子男人走上前来，他穿着一件翻领的、缀有金色纽扣的紫红色西装，西装的口袋用金线镶边。

"布拉德肖先生，您好。"那人压了压自己的帽子，"有您在这趟车上，我很高兴。"他说。

"你好，戈登。这是我的侄子，哈里森·贝克。哈里森，这

14

位是戈登·古尔德，王室专列的列车长。"

"欢迎，贝克少爷。"戈登·古尔德微笑着说道。

"戈登，我想带哈里森去车头看看。我们还有时间，对吧？"

"速度快的话来得及，先生。"

"我们一眨眼的工夫就回来了。"纳撒尼尔舅舅把手搭在哈里森的背上，带着他离开了餐车，"我们睡觉的包厢会在这几节乘客车厢之中。"

"那一节是什么？"哈里森指着前面一节窗户上都镶了金边的车厢问。

"王室车厢，"纳撒尼尔舅舅说，"像我们这样的普通人禁止入内。在火车抵达巴尔莫勒尔之前，它会一直空着。"

哈里森在一扇镶金边的窗户上看到了自己的样子——蓬松的金发、平平无奇的面孔和身上黄色的带帽夹克。对于这样一列火车来说，他还远远不够优雅。

突然，窗帘抖动了一下。"啊呀！"他吓得叫了一声。向后跳时，他瞥见了几根手指、一个塌鼻子和一双绿色的眼睛，但随后它们便消失了。

"你还好吧？"纳撒尼尔舅舅看上去被他的样子逗乐了。

"嗯。"哈里森的脸一下就红了。"对了,那位列车长为什么会知道您的名字?"他问。

"这不是我第一次搭乘高地猎鹰号了,"纳撒尼尔舅舅说,"我是一名记者兼旅行作家,但我最擅长的是写关于火车的文章。我喜欢这些神奇的机器。"他用手指敲了敲太阳穴,"我记得所有的火车和它们的路线。每当我睡不着时,我就会背诵那些车站的名字,往往还没背完,我就睡着了。"他看上去很高兴。

"写关于火车的文章——真有这样的工作吗?"

纳撒尼尔舅舅哈哈大笑:"我以前写过关于高地猎鹰号的文章,这也是我受邀再次搭乘这趟列车的原因。"他开始专注地对着车头烟囱上缓缓升起的鸽灰色烟雾看起来。"我很感激能有机会和这列火车道别。它真的非常特别。"他轻轻地抖了抖身子,"走吧——我们得快点儿了。最后这几节车厢是留给工作人员用的服务车,还有一节是煤水车。"

"煤水车是什么?"

"储存煤炭和水的车厢。"

哈里森看了看最后那节车厢,发现车厢壁上有一扇小门。

就在他眨了眨眼睛的时候，小门开了一条缝，一张脸的一部分——黑色的头发和绿色的眼睛出现在了门缝里，虽然这张脸的主人注视了自己一会儿后便消失了，但哈里森还是认出来了——这正是他在王室车厢外看到过的那张脸。

"煤炭？"他问舅舅。

"当然了，煤炭。你以为蒸汽火车是靠什么运转的？"

"蒸汽？"

"那蒸汽又是怎么来的呢，哈里森？"

"要用到煤炭？"

"没错，要用到煤炭。"纳撒尼尔舅舅挥了挥手，示意他继续往前走，"走吧，让我们看看火车的正脸。"

火车头机身下部喷涂的是锃亮的猩红色，顶部则是明亮的白色，车头流线型的"鼻子"像鹰嘴一样稍稍有些下垂。机身的挡板向两边翘起，仿佛咆哮似的露出底下巨大的黑色轮子。蒸汽从隐藏的管道中溢出，发出气势汹汹的咝咝声。水蒸气在空中聚集，形成一朵低矮的云彩，包裹着火车头。哈里森很想拿笔把火车头画下来，但他手头没有纸。

"你很难再找到比它还要漂亮、还要令人印象深刻的火车头

了。"纳撒尼尔舅舅走到火车前端，把手放在火车上，像抚摸马匹一样轻轻地摸了摸火车。

哈里森学着舅舅的样子，把手放在火车的金属外壳上。他惊讶地发现手掌感觉到的不仅有温暖，还有震动。就在这时，火车头呼出了一股蒸汽。这股蒸汽仿佛拥有生命一般——它是一条古老而强壮的巨龙，随时准备一飞冲天。

# 第三章

# 戴钻石的狗

"先生,"一位列车员走了过来,"再过七分钟,我就要吹哨了。"

"谢谢你,格拉汉姆。"纳撒尼尔舅舅向他敬了个礼。

他们沿着站台匆匆往回走,照相机的闪光灯刺得哈里森几乎睁不开眼睛。红毯上站着一位银发女子,她头戴一顶罗宾汉式的帽子,帽檐上插着一根长雉毛饰品。她的脖子上挂着好几串珍珠项链,数量惊人的珍珠沉甸甸地垂在她的花呢狩猎夹克上。她挥了挥戴着手套的手,给了狗仔队一个冷冷的微笑。

"跟上。"纳撒尼尔舅舅一边走上餐车,一边向哈里森喊道。

哈里森几乎是倒退着上了火车，他实在没法把目光从银发女子身后那五条毛茸茸的白狗身上移开，它们的项圈上居然都镶满了钻石。一个浅棕色头发的红脸男人紧紧地抓着它们的牵引绳，想要控制住它们。

　　哈里森很喜欢狗。每年过生日和过节的时候，他都会提出想要养一只狗，但他的父母却总是拒绝他。他们说养狗的开销很大，而且这也是一份重大的责任。所以当他们告诉他，他即将会有一个小妹妹时，他反问他们为什么家里能再养活一个人，而不是一只狗，而且养育一个孩子的责任可比养一只狗大得多。他并非无理取闹，但结果就是他被赶回了自己的房间。

　　走进餐车就像是穿越到了过去的某个年代。整洁的餐桌上铺着白色的亚麻桌布，过道两侧的桌子旁摆放着高背扶手椅，餐车看上去就像一个奇怪又狭窄的餐馆。空气中弥漫着家具抛光剂的味道。

　　"你在盯着看什么呢？"纳撒尼尔舅舅问他。

　　哈里森指了指窗外："想象自己什么时候可以同时养得起五只狗。"

　　"那是阿伦德尔伯爵夫人，也就是伊丽莎白·兰斯伯里夫人——英格兰最富有的女人之一。我最近在一个晚会上见过她——一位令人印象深刻的女士。"

"您觉得她会把狗带上火车吗？"

"我希望她不会，"一个尖尖的声音说，"我对它们过敏。"

"欧内斯特·怀特。"纳撒尼尔舅舅穿过车厢，一把握住了一位老先生的手。这位老先生身穿灰色的羊毛套装，这会儿正坐在一张桌子旁，透过半月形的眼镜看着报纸。"见到你真高兴。"舅舅说。

"我也很高兴见到你，纳撒尼尔。"欧内斯特·怀特笑着说，"外面可真闹腾，是不是？"他从眼镜上方看了看哈里森，问道："这是你的孩子吗？"

"我的外甥，他叫哈里森。"

哈里森礼貌地微笑了一下。

"我有个孙子也叫哈里森。"欧内斯特摆了摆手，"他在加勒多尼卧铺列车上工作，他妈妈是我最小的女儿——她在苏格兰开货运火车。"

"欧内斯特，我没想到你也会参加王室之旅。你应该不是来工作的吧？"纳撒尼尔舅舅一屁股坐在了欧内斯特对面的扶手椅上。

"老天，当然不是。我年纪太大了。"欧内斯特抬头看着哈里森，"我在王室专列上当了四十七年的列车长。"他叹了口气，接着说道："我这辈子最快乐的时光大都是在这趟列车上度过的。"说着，他转向纳撒尼尔舅舅。"他们也知道我想来跟它道别。收到邀请时，我简直高兴坏了。"老人的眼中泛起了泪光，"这对我来说真的太有意义了。"

因为不想一直盯着老先生看，哈里森低头看了看欧内斯特·怀特手中的报纸。

每日新闻

珠宝窃贼再次作案

价值连城的红宝石戒指在慈善晚会上失窃。肯特男爵夫人悬赏

10,000英镑

寻找能够捉拿窃贼的信息。

随着兰斯伯里夫人快步走进餐车，老先生的身后传出了一阵喧闹声。

"这些人太可怕了！"她双手在空中摆了摆，"对那些家伙来说，一张照片是远远不够的。"说着，她穿过车厢另一侧的门消失了，只留下那个帮她牵狗的男人独自吃力地把五只大狗弄上火车。

"是萨摩耶犬！"哈里森兴奋地说着，向离他最近的那只狗伸出了一只手，那只狗立刻舔了一下他的手。

上车后，几只狗忙着把鼻子伸到角落里寻找有趣的气味，毛茸茸的白尾巴就在车厢里肆意地来回摇摆。那个牵狗的男人大概是位驯犬师，他被到处乱窜的狗拉得东倒西歪，忍不住咒骂了一句。哈里森想要帮他一把，于是把桌子底下的一只狗拉了出来。那只狗跳起来舔了哈里森的脸一下。

"跟我走！"驯犬师喊道。五只狗争先恐后地向他跑去。他赶着几只狗穿过车厢，跟着兰斯伯里夫人从另一侧出了车厢。

"我真想知道它们的名字。"哈里森说。

"那是沃尔夫冈·埃森巴赫男爵，"纳撒尼尔舅舅说，"还有他最小的儿子麦洛。"

哈里森本以为舅舅说的是狗，直到他看到一位仪表堂堂的男人走上火车才明白了舅舅的意思。这个人穿着深蓝色的马甲，黑色的头发中夹杂着几缕灰发。他的身后还跟着一个五大三粗、一脸凶相的人。戈登·古尔德迎接这两个人上了火车，并领着他们向观光车厢的方向走去。

"男爵是王子殿下的老朋友，"欧内斯特·怀特低声说，"他还是一个狂热的铁路爱好者。"

哈里森认出了下一位登上火车的客人。史蒂文·皮克尔是一位富有的企业家，他经营着多家公司，其中包括一家名为"格瑞莱克斯"的火车公司，但他本人却是因为参加电视真人秀节目而出的名。紧靠在他胳膊上的是一位皮肤晒得黝黑的红发女人。哈里森猜想她一定是他的妻子。哈里森把手伸进口袋，拨弄了一下自己的圆珠笔，他很想把这些客人都画下来。史蒂文·皮克尔的皮肤看起来就像是未煮熟的香肠肉，他的胳膊像极了一整根的大香肠，手指头则像是一根根小香肠。

"难以置信，"欧内斯特·怀特没好气地说，"是谁邀请了那些寄生虫？"

"大家好。"史蒂文·皮克尔向大家点头致意。"对于一件老古董来说，这列老古董列车还不赖吧？"他那双圆圆的眼睛四下打量着车厢，"可以做些现代化的改造。"

纳撒尼尔舅舅一把按住了欧内斯特的胳膊。

"我是莉迪亚·皮克尔。"他的妻子爽朗地笑了笑，大红色的嘴唇就像剧院的幕布一样张开，露出了戴着超白牙套的牙齿。"很高兴见到你们。"她说。

皮克尔先生的手机响了。他从口袋里掏出手机，对着听筒大喊："喂？不，我在忙，一会儿再打给我。"

"很高兴见到你，莉迪亚。"纳撒尼尔舅舅握了握莉迪亚的手。莉迪亚看着他，向他眨了眨那戴着假睫毛的眼睛。"我是纳撒尼尔·布拉德肖，这是我外甥哈里森。"舅舅说。

戈登·古尔德关上了餐车的双层门，并把一根铜棒搁在了门上。尖锐的哨声让大伙儿都抬起头来。

"已经三十四分了，"欧内斯特·怀特看了看表，啧啧地说道，"比预定时间晚了四分钟。"

火车开动时，哈里森感到了一阵颠簸。站台上的狗仔队向他们拥来。

"快！哈里森，"纳撒尼尔舅舅突然站了起来，"我们去观光车厢向国王十字车站挥手告别吧！"

# 第 四 章

# 盛大的起程

　　哈里森跟着纳撒尼尔舅舅，跑过爱德华国王厅，穿过图书室和游戏室，冲进了那节玻璃车厢。随着嘟嘟几声哨响，国王十字车站在他们的视线里开始缓缓向后退去。窗外，人们正沿着站台奔跑，挥手致意。塞拉·奈特站在观光车厢的露台上，向着人群飞吻。人群越来越远，塞拉转身走进了车厢。一位相貌和善的金发女子给塞拉端来了一杯饮料。哈里森本能地对这位金发女子产生了好感，因为除了戴着闪闪发光的手镯之外，她穿着样式普通的衬衫和裙子——就像是他妈妈可能会穿的那些款式。她看起来非常普通，而其他人则都打扮得就像在参加一场化装舞会一样。

一位女服务员正站在一辆盖着白布的手推车旁，给乘客们分发饮料。

"纳撒尼尔！"一个脖子上挂着照相机的高个子男人伸出一只手，穿过车厢向他们走了过来。

"老朋友！"那个男人一把握住了纳撒尼尔舅舅的手说道。

"艾萨克！"纳撒尼尔舅舅对这个瘦削的男人笑了笑，"见到你真叫人高兴。哈里森，这位是艾萨克·阿德巴约，他是一名王室摄影师。我们俩认识已经很多年了。当年，我们是在萨瑟兰公爵夫人号上参加为庆祝女王登基五十周年而举办的巡游活动时认识的。"

"那可真是一列华丽的火车。"艾萨克说。

"可是跟高地猎鹰号完全没法相提并论。"纳撒尼尔舅舅说。艾萨克和舅舅开始聊起了他们喜欢的火车头。

哈里森环顾四周，所有的客人似乎都聚集在玻璃车厢里了。当他意识到周围的乘客全都是成年人时，他心里一沉。

埃森巴赫男爵和他的儿子站在一起。哈里森注意到麦洛·埃森巴赫的鼻孔到上唇之间有一道伤疤，这让他看起来好像总是在咆哮一样。麦洛察觉到了哈里森的目光，于是看了他一眼，哈里森连忙低头望着地板。"纳撒尼尔舅舅，我去拿杯橙汁。"他说。纳撒尼尔舅舅点了点头。

穿过车厢时，哈里森想起了他透过王室车厢的窗户瞥见的那张脸——看上去不像一个成年人。哈里森真希望自己的帆布背包现在就在身上，这样他就可以躲到角落里玩游戏机了，但它已经被搬运工送到乘客包厢去了。当他拿起一杯橙汁时，女服务员对他微微笑了笑。

叮！叮！埃森巴赫男爵举着一杯香槟酒往前走了两步，然后用优雅的德国口音对车厢里的其他人说了一段话。

"虽然王子殿下不在，但我提议，让我们为这个人类工程和设计的杰出典范——高地猎鹰号举杯，敬火车头在工业革命中的重要地位，以及它对英国基础设施的影响。"说到这里，他停下来喘了口气。

"噢，是的，我们必须敬一杯酒！"塞拉高高地举着酒杯，身子轻盈地一转，刚好站在了男爵和他的儿子之间，"为我们在不列颠群岛上的蒸汽之旅，以及这趟可爱的列车和绝佳的同行伙伴

28

干杯！"在退回满是乘客的车厢之前，她朝男爵挑了挑眉毛，然后又向他的儿子眨了眨眼睛。她刚想张嘴继续说下去，兰斯伯里夫人大步走了进来。兰斯伯里夫人径直朝哈里森走去，伸手从他身边拿起了一杯香槟酒，黑色的耳环一直在她耳朵上晃来晃去。

兰斯伯里夫人突然站到自己的旁边，使哈里森觉得不自在，于是他坐到了角落的椅子上。他搞不懂成年人为什么这么喜欢演讲。

"这一杯是为了纪念那些把自己的生命奉献给了铁路的人，就像我已故的爱人——乔治·阿伦德尔伯爵。这列火车具有非凡的历史意义，愿它的最后一趟旅程将蒸汽火车的辉煌永远镌刻在英国人的雄心之上。蒸汽火车是人类创造的非凡成就，它永远地改变了整个世界。"兰斯伯里夫人边说边举起了酒杯，"敬高地猎鹰号。"

"敬高地猎鹰号。"大家重复道。

"干杯！"莉迪亚·皮克尔一口喝光了自己杯子里的酒。

哈里森眨了眨眼睛。从坐着的地方，他可以看到盖在饮料手推车上的白布动了起来。随后他看到了黑色的头发、棕色的皮肤和绿色的眼睛——是一张和他年龄相仿的女孩的正脸。他僵住了，由于怕她会突然消失，哈里森一动也没敢动。他看着她扫视了一圈餐车，然后朝他这边看了一眼。他俩的眼神刚好碰到了一起。她吐了吐舌头，重新把白布放了下去。

哈里森猛地跳了起来，往前一个踉跄，与此同时，史蒂文·皮克尔正好走到了他的面前。

"噢，抱歉。"两人撞到一起后，哈里森连忙说。

皮克尔先生看起来马上就要对哈里森发火了，但他的电话突然响了起来，他转过身，接通了电话："喂？不！我跟你说了，我现在很忙！"

"没关系，亲爱的。"莉迪亚·皮克尔努了努鼻子，眨着眼睛对哈里森露出了微笑，"我也总是这样。"她指了指自己的豹纹高跟鞋，"真是噩梦！"她一只手抓住史蒂文·皮克尔的胳膊，另一只拿着空酒杯的手则缩回了胸前。当她往前走时，杯子碰到她别在胸前的华丽的蝴蝶结胸针上，发出了叮当的响声。

当兰斯伯里夫人走近埃森巴赫男爵时，哈里森的目光越过她向手推车望去，男爵正站在车厢中部跟纳撒尼尔舅舅说话。很快，皮克尔夫妇也加入了他们。哈里森抓住机会，立即穿过了人群。

"你要喝点儿柠檬汁吗？"女服务员问。

哈里森点了点头说道："是的，谢谢。"他低头向下看了看，"噢，我的鞋带开了。"他弯下腰假装系鞋带，实际上却偷偷掀起了白布的一角。他本以为会看到那个女孩，但推车里并没有人。他站起来环顾四周，她会去了哪里呢？

"原来你在这里。"纳撒尼尔舅舅突然出现在他身边。"我们去换身衣服，准备吃晚饭，好吗？"他问。

"吃晚饭还要换衣服？"哈里森想了想自己之前放进背包里的衣物，本能地觉得那些牛仔裤、慢跑衫和针织套衫都不适合。

"是的。我们也还没有参观我们的包厢呢！"纳撒尼尔舅舅看上去就像是一个兴奋的孩子。

"好吧。"哈里森点了点头，跟着舅舅向门口走去。

"啊！不见了！"莉迪亚·皮克尔突然趴在地上，手脚着地，四下察看，嘴里喊道："我的胸针！我把它弄丢了！"

史蒂文·皮克尔咕哝了一声，他这会儿正坐在欧内斯特·怀特身边，而怀特则背对着他，盯着窗外。车厢玻璃上一道闪光亮起，艾萨克给塞拉抓拍了一张照片。在车厢的另一头，兰斯伯里夫人正在用流利的德语与埃森巴赫男爵交谈，麦洛·埃森巴赫站在旁边，一副心不在焉的样子。

"我们走吧！"纳撒尼尔舅舅翻了个白眼，高声地说。

走出观光车厢时，哈里森又回头看了一眼手推车。"不管那个女孩是谁，"他想，"我都要找到她。"

走进爱德华国王厅，远离了刚刚那节嘈杂的车厢，哈里森现在可以清晰地听到车轮接触到铁轨上发出的有节奏的咔嗒声。他用手指摸了摸台球桌的毛毡，又抬头瞄了瞄飞镖。他想知道那个女孩会不会玩飞镖，他还挺想试试在摇摆的火车上扔飞镖。

他们走过图书室时，纳撒尼尔舅舅扫视了一下里面那些皮面书。图书室后面还有一间休息室，里面有两张用来打牌的桌子，每张桌子上放着两副扑克牌。哈里森心想，如果有一个同龄人可以和自己一起玩，火车旅行或许就不会那么无聊了，他很想知道那个女孩为什么要躲起来。

经过餐车时，哈里森看到了欧内斯特·怀特看过的那张报纸。由于对珠宝窃贼的新闻有些好奇，他顺手拿起了报纸。餐车的尽头是一间厨房，再往后便是乘客的包厢了。

"九号，我们的包厢在这里。"纳撒尼尔舅舅说。

哈里森推开那扇细长的木门，走进了一间装饰精美的乘客包厢。一张镶着金边的海蓝色长沙发紧靠着房间的左侧。"床在哪儿？"他问。

"等一下我再回答你的问题，包厢里有趣的东西可多了。"纳撒尼尔舅舅边说边指了指门后角落里的一个小号陶瓷盥洗池，池子上竖着一根金色的水龙头。"有热水和冷水，这个可伸缩支架上装的是化妆镜。"说着，他像拉手风琴一样把支架拉开，支架下还有一个放洗漱用品的玻璃架子。接着，他转动一个木制把手，一个卷帘向上卷了起来，卷帘一直升到顶部，露出了后面栏杆上的六个金色的衣架。"这是用来挂衣服的，"说着，他又向下方指了指，"还有三个抽屉可以用来装内衣裤。"

纳撒尼尔舅舅向前迈了一步："这里还有一件必不可少的家具。"他抬起一个挂钩，从窗户旁放台灯的小几下方打开了一张木制桌面，桌面和下方的椅子一样，都包裹着一层蓝色皮革。"我睡那儿，"他指着沙发说。"你刚才的那个问题，"他飞快地脱掉运动鞋，站到了坐垫上，"这是其中的一

个答案。"他拨开插销，一张床随即从墙上被放了下来。在此之前，这张床一直由钉在墙上的两条皮带呈九十度角固定在墙上。

"神奇。"哈里森咧嘴笑着说。

"或者更确切地说，是紧凑，但我明白你的意思！"纳撒尼尔舅舅笑嘻嘻地扶了扶眼镜，又指着沙发下面说，"下面有一个很大的抽屉，你可以把你的东西放进去。"

"其实——"哈里森局促不安地站着说，"我可能需要点儿东西。我觉得我带来的衣服都不适合参加晚宴。"

"我相信我们一定能解决这个问题。"纳撒尼尔舅舅按了一下写字台上方的一个金色按钮。

哈里森很好奇墙上会不会突然打开一扇暗门，有人扔给他一件衬衫，但什么也没发生。纳撒尼尔舅舅脱下了他的芥黄色毛衣。

"您戴了六块手表！"

纳撒尼尔舅舅低头看了看自己的两只胳膊，说道："这是我工作时的习惯。"他先指了指自己的左手腕："这个是伦敦时间，这个是纽约时间，这个是东京时间。"他又指了指自己的右手腕："这边依次是柏林、悉尼和莫斯科时间。"

伦敦

"为什么？"

"我每次去不同的地方旅行都会买一块手表。"纳撒尼尔舅舅说，"它能帮助我跳出自己的时空，了解整个世界。我们应该记住，在这个星球上还有许多其他地方，到处都是了不起的人物。我喜欢思考他们可能在做什么——当我凝望星空的时候，他们是不是刚刚迎来玫瑰色的黎明呢？"

哈里森盯着那几块手表，问道："可您难道不能从手机上看到这些时间吗？"

纽约

纳撒尼尔舅舅从裤子口袋里掏出一个灰色的长方形盒子，说道："我有一个老式手机。口袋里揣着智能手机就很难去深入观察和思考了，那小东西会妨碍你阅读真正的地图，阻止你与他人面对面交

莫斯科

谈。我可不想一直盯着屏幕。我想欣赏沿途的风景，我想去见见世面。"

这时响起了一阵敲门声。"您按铃了吗，先生？"戈登·古尔德站在门口问道。

"哈里森需要一件吃晚饭时穿的衬衫，"

柏林

纳撒尼尔舅舅说，"他忘带了。如果你有的话，再给他拿一条裤子和一条领带。"

哈里森一脸歉意地笑了笑。

"我来想想办法，先生。"

在他们等待的这段时间里，纳撒尼尔舅舅换上了一双棕色粗革皮鞋和一件与裤子相配的夹克。

哈里森拉开帆布背包的拉链，拿出了游戏机和充电器。紧接着，他又拉开了沙发下面的抽屉，把自己的背包倒了过来，把牛仔裤、平角短裤、袜子、T恤和一件栗色海军条纹套头衫一股脑儿全都倒进了抽屉里。合上抽屉后，他环顾了一下四周，"哪儿有插座？"

东京

"你要插座干什么？"纳撒尼尔舅舅一边问，一边在脖子上系好了一条丝巾，并把它塞进了敞开的衬衫领子里。

悉尼

"给我的游戏机充电，"哈里森举起了游戏机，"从克鲁过来的路上我把电用完了。"

"抱歉——我觉得你想在这节车厢里充电是不可能的。这列火车诞生在这些电子设备发明之前。"

"那根电线是干什么的？"哈里森指着天花板下沿着墙走的一根线缆问。

"那是紧急刹车绳。如果有乘客需要火车马上停下来，可以拉那根绳子，然后火车就会慢慢停下来。它贯穿了火车上的每节车厢。"

"噢。"哈里森叹了口气，低头看着自己的游戏机。

"你可以把它交给戈登，让他帮你找个地方充电。他明天就可以还给你。"

"可如果我要用呢？"

"你在家里不玩游戏的时候都做些什么？"

"踢足球……"哈里森思考了一下，"或者画画。"

"我们肯定能给你找到一些美术用品。"

哈里森一屁股坐在沙发上，感到非常泄气。

"车上有台球和飞镖，"纳撒尼尔舅舅兴致勃勃地说，"如果你愿意的话，我还可以教你一两种扑克牌的玩法。"

戈登·古尔德回来了。他拿来了一条燕麦色灯芯绒裤子、一件藏青色格子呢夹克和一件白衬衫。他把衣物在下铺上铺好，又从口袋里掏出一个栗色领结，放在了衬衫的领口上。

"这些不会是给我的吧？"哈里森惊呆了，"太难看了。"

戈登·古尔德扬起眉毛，"这些都是我从王室衣橱里借来的，"他说，"都是年轻王子们曾经穿过的衣服。"

"这些衣服非常好，戈登，"纳撒尼尔舅舅拍了拍戈登的肩膀，"谢谢你。"

"嗯，好吧，"哈里森嘟囔道，"谢了。"

"等我们抵达帕丁顿时，记得把它们还给我。"戈登·古尔德离开时说。

"等一下，古尔德先生，"哈里森站了起来，"其他搭乘这列火车旅行的孩子，您能介绍我跟他们认识吗？"

"恐怕没有其他孩子。"

"我是说，不是乘客，火车上的工作人员呢？"

"儿童是不可以在王室专列上工作的，贝克少爷，"他说，"您是高地猎鹰号上唯一的儿童。"

# 第五章

# 一团糟

　　"戈登·古尔德说谎！"哈里森一边想，一边让舅舅帮他穿上了那件令人发痒的格子呢夹克。

　　"我不用打领结，对吧？"

　　纳撒尼尔舅舅哈哈大笑起来。"在王室专列上还不抓住机会打一次领结，你平常哪还有什么机会可以打领结呢？"说着，他拿起领结，"你就不想知道当王子是什么感觉吗？"

哈里森盯着栗色的领结。

纳撒尼尔舅舅帮哈里森竖起衣领，双手熟练地打好了蝴蝶结。哈里森看了看盥洗池上方镜子里的自己，他看起来非常有派头。如果他穿这套衣服去学校，他肯定会被欺负的。

"你把它想象成一套戏服，假装自己是一名间谍。"纳撒尼尔舅舅挤眉弄眼地说，"我的名字叫贝克——哈里森·贝克。"[①]

"我是一名间谍，"哈里森看着镜子里的自己暗想，"我要弄清楚那个女孩是谁，以及戈登·古尔德为什么要说谎。"接着，他转向舅舅，说道："其实，您没必要一直叫我哈里森。您可以叫我哈尔，我的朋友们都这么叫我。"

"谢谢你，哈尔，"纳撒尼尔舅舅两眼放光，"这对我来说意义重大。现在，我们可以去吃饭了吗？我要饿死了。"

餐车里非常热闹。厨房里飘出一阵阵令人垂涎的食物香味，哈里森不禁咽了咽唾沫。纳撒尼尔舅舅径直走向摄影师艾萨克独自在旁边坐着的那张餐桌。塞拉和那位相貌友善、看起来是她朋友的金发女子，还有皮克尔夫妇正在一张桌子上吃饭。欧

---

① 此处模仿经典电影《007》中詹姆斯·邦德自我介绍时的惯用对白："我的名字叫邦德——詹姆斯·邦德。"——译者注

内斯特·怀特独自一人坐在过道对面。而最远的那张桌子旁则坐着男爵和他的儿子。随着火车的晃动，餐桌上的刀叉摇晃着叮当作响，但似乎谁也没有在意。

"为什么塞拉·奈特也会参加这趟旅行呢？"热气腾腾的汤摆在他们面前后，哈里森问。

"她是王妃的朋友，"艾萨克一边回答，一边拿起了勺子，"她们多年前还在一起工作过。她说自己来参加这次旅行是因为她正在研究一部新电影中的角色，这部电影讲述的是"二战"时期一名英国女火车司机的故事。"

"这也太乱来了！事实上，直到 20 世纪 80 年代英国才开始出现女性火车司机。"纳撒尼尔舅舅摇了摇头。

"坐在她旁边的那位女士，或者说她的那位朋友，也是一名女演员吗？"哈里森又问。

"那不是她朋友，"纳撒尼尔舅舅答道，"那是露西·梅多斯，塞拉·奈特的私人助理。"

哈里森朝那边瞥了一眼。塞拉正凝视着窗外。他很好奇她到底在盯着什么看，直到她噘起嘴巴，他才意识到她把窗玻璃当成了镜子，正在欣赏自己。

"噢，露西，"塞拉抓住她助手的胳膊，"你想象一下，我从火车头旁探出头，看着摄像机。"她停了一下，瞪大了双眼，高声说道："坐火车旅行是如此自由。"紧接着，她微微一笑，显然对自己的表演非常满意。"这句台词真不错，你不觉得吗？把它写下来，我们把它寄给编剧。"她说。

露西·梅多斯尽职尽责地从自己的开襟羊毛衫口袋里拿出了笔记本和笔，而在对面的史蒂文·皮克尔则大声啜着豌豆汤。

"我很喜欢那枚胸针。"莉迪亚·皮克尔生气地说，"我还从来没有见过那种款式的胸针，我喜欢蝴蝶结。珠宝商说这种胸针仅此一枚。沙龙里的女孩子们都很喜欢它。它是那么耀眼！"她用指甲被修剪得整整齐齐的手拍了拍自己的前额。"你会继续帮忙找的，对吧？它可值一大笔钱呢！"她对露西说。

"当然，"露西点了点头，"我们都会找的。我相信它一定会出现的。"

"我们在观光车厢喝香槟酒的时候我还戴着它，可当我低头再看时，它就不见了！"莉迪亚噘起下唇，眨了眨眼睛，表示她非常难过。

"你说不定压根儿就没戴。"史蒂文·皮克尔嘟囔道。

"可我真的戴了！"莉迪亚反驳道，"你没看到吗？"

哈里森记得莉迪亚胸前那闪闪发光的蝴蝶结，那样炫目的胸针想不注意到都很难。

"希望你给它上了保险。"史蒂文·皮克尔一边撕着面包卷，一边说。

"我当然上了保险。"莉迪亚咬着嘴唇，看向了别处。

当高地猎鹰号驶过斯蒂夫尼奇① 时，曾在观光车厢为大家分发饮料的女服务员又推着一辆手推车走了过来，车上放着各种食物。哈里森盯着手推车上的白布，仔细寻找一切有动静的迹象。女服务员为他们这一桌上菜时，哈里森伸出一只脚，把白布往里踢了一下，可白布下面什么也没有。

"你好，"女服务员给纳撒尼尔舅舅和艾萨克上菜时，哈里森冲她笑了笑，"你叫什么名字？"他问。

"艾米。"

"我能再要一份约克郡布丁吗，艾米？"

"当然了，先生。"

"你在火车上见过与我年龄相仿的女孩吗？"

---

① 斯蒂夫尼奇为英国东南部赫特福德郡境内的一座城镇。——译者注

艾米看起来非常震惊："没有！你是乘客里唯一的儿童。乘务员的车厢也不允许儿童进入。"她熟练地取出一块约克郡布丁，放到了哈里森的盘子里，接着连忙推着手推车走向下一张桌子，为男爵和他的儿子上菜。

　　哈里森眯了眯眼睛，她在说谎。"不允许儿童进入？这里到处都是秘密。"他低头看了看自己的约克郡布丁，心里想道。

　　"肯定没有你妈妈做得好吃，"纳撒尼尔舅舅说，"没有人比贝弗利更会做布丁了。"

　　"妈妈做得最好吃了，"哈里森也表示同意，"不过，这两份我都会吃掉。我很喜欢吃约克郡布丁。"他看到艾米正在为男爵上菜。男爵拿起餐巾轻轻抖开，把它塞进衬衫领子里。

　　"知道吗？男爵拥有全欧洲最令人注目的铁路模型，"纳撒尼尔舅舅低声说，"那些模型大部分都是他自己制作的！"

　　艾萨克点了点头："那些模型确实令人赏心悦目。如果你有机会去巴伐利亚州①的霍亨施万高城堡，一定要去看一看。他允许公众周末进去参观。"

　　"他是王室的远房亲戚，"纳撒尼尔舅舅说，"我曾多次和他

_____
① 巴伐利亚州为德国的一个州。——译者注

45

一起出行，不过我还从来没有见过他的儿子。"

就在这时，哈里森看见过道对面的欧内斯特·怀特站了起来。他手里拿着一个顶部包了泡沫的麦克风，拉开车厢窗户顶部的挡板。他将麦克风夹在窗框上，让麦克风包着泡沫的一头伸到外面，将另一头插到了一个小型便携式录音机上。他把录音机塞到座位和车厢壁之间的空隙里。

"怀特先生在做什么？"

纳撒尼尔舅舅笑了："他正在录制蒸汽火车高速行驶时的声音。"

哈里森皱了皱眉头，问道："为什么？"

"因为这个声音独一无二，而且对他来说，这个声音也饱含着许多重要的记忆。对欧内斯特·怀特来说，一列 A4 太平洋型蒸汽火车的声音和贝多芬的交响乐一样美妙。"纳撒尼尔舅舅靠在椅背上，闭上眼睛，听着火车的声音。

哈里森也想好好听一听，但他听到的全是莉迪亚·皮克尔的声音。

"上周，我才在《热点故事》杂志上看到了你和查德分手的消息，"莉迪亚·皮克尔大声对塞拉说，"看看现在，我们俩居

46

然在一张桌子上享用美食了。"她难以置信地摇了摇头："你真的是利物浦人吗？你一点儿利物浦口音都没有。"

塞拉·奈特抿着嘴笑了笑，微微地点了点头。

莉迪亚·皮克尔举起双手，尖声叫道："呃！呃！渡船穿过默西河了。"

她在模仿利物浦人，但她的模仿是如此糟糕，以至于史蒂文·皮克尔爆发出一阵大笑。

听到这些喧闹声，欧内斯特·怀特皱起眉头，摇了摇头。

"大家都不喜欢皮克尔先生，是吗？"哈里森小声地问。

"他靠铁路赚了很多钱，但却很少花钱改善铁路，"纳撒尼尔舅舅说，"这让人们非常失望。"

"谁需要有座位的火车呢？"艾萨克眨着眼说，"或者装有空调？又或是能够准时？"

"那他为什么能受邀参加这趟旅行呢？"

"这个嘛——"纳撒尼尔舅舅向前探了探身子，"我们要走的这条线路当中有相当一部分铁路都在他的名下。不邀请他会显得不礼貌，但我觉得大家肯定都希望他不要来。"

"可他想让自己的照片登在报纸上，"艾萨克说着，颇有深意地看了哈里森一眼，"而且还是站在王室成员旁边的照片。"

"兰斯伯里夫人呢？"哈里森环顾了一下四周，"她不吃晚饭吗？"

"她在餐车一个单独的包间里。"纳撒尼尔舅舅回答道。"她要举行一个私人的仪式来纪念她去世的丈夫，我相信——"他凑过来低声说，"她要把他的骨灰撒到蒸汽和煤尘中。"

"噢！"哈里森吓了一跳。

"她的侍从正在服侍她。"

"是那个帮她照顾狗的人吗？"

纳撒尼尔舅舅哈哈地笑了起来："我敢打赌，他接受这份工作的时候，肯定没想到自己要同时伺候五只狗和一位伯爵夫人。"

"她肯定很爱狗。"哈里森说。

"那些都是她家的新成员，"艾萨克说，"丈夫去世之后，她才开始养狗。"

哈里森突然想到，如果兰斯伯里夫人和她的侍从现在正在餐车里，那他们的包厢里肯定就只有那几只狗了。"我可以先离开吗？我，嗯，想回去收拾一下我的东西。"他问。

纳撒尼尔舅舅用餐巾擦了擦嘴，点了点头，接着问道："你介意我留下来喝杯饭后咖啡吗？"

"不介意，"哈里森站了起来，"我一个人没事。"

他匆匆穿行在乘客车厢中，侧耳听着有没有狗的鼻息声或是低沉的吠声。在倒数第二扇门的后面，他听到了一阵刮擦声、一声尖厉的哀鸣和一声激动的吠叫。这里应该是二号包厢。他看了看四周，然后转动了一下把手。令他吃惊的是，门居然没有上锁。

五只狗向他扑了过来。它们跳起来，想要舔他的脸，其中一只狗发出了一声无比欢快的叫声。

"嘘嘘！"哈里森小声说着，溜进包厢，跪在了地上，"你们必须保持安静。"

几只狗围着他叫个不停，把头靠在他的肩膀上一个劲儿地蹭来蹭去。他想好好摸一摸每只狗，但它们把他扑倒了。他躺在地板上咯咯地笑着，脸被舔了好几下，湿漉漉的狗鼻子还在他的胸口嗅个不停，好像在寻找玩具似的。"停！"他咯咯地笑着，一边试图坐起身来，一边说道，"坐！"

令他吃惊的是，五只狗全都乖乖地蹲坐在了地上，眨巴着眼睛望着他。

哈里森伸出手："我们来看一看。"他伸手去够它们钻石项圈下面晃来晃去的银质狗牌。"你是特拉法尔加，而你是维京。"他说。特拉法尔加温顺地望着他，维京则叫了一声，好像在表示同意。"你是香农。"他对一只毛色偏近银色的狗说。"你很漂

亮，是不是……菲茨罗伊？"他费了好大劲儿才抓住第四只狗的狗牌，这只狗从刚刚开始就一直在地毯上挖个不停。

"你叫什么名字？"最后一只狗是五只狗中体形最小的一只。其他几只狗都是黑色或棕色的眼睛，只有它的眼睛是海蓝色的。它用那双海蓝色的眼睛望着哈里森。哈里森拍拍自己的膝盖，它便把头搁在了他的膝盖上。他拿起它的狗牌："贝莉。"他摸了摸它的头。"很高兴认识你们大家。"他笑着说。维京又叫了一声。哈里森指着每只狗，重复了一遍它们的名字："特拉法尔加、维京、香农、菲茨罗伊，还有贝莉。"

五只萨摩耶犬笑眯眯地看着他，哈里森也咧嘴一笑。

"我叫哈里森。"他拍了拍自己的胸膛，贝莉舔了舔他的脸，"你们把这里搞得一团糟，是不是啊？"

地毯和沙发上全是狗毛。上铺已经放下来，床也铺好了，这里是给兰斯伯里夫人的侍从准备的。窗户下面的地板上摆着五个水碗。盥洗池里放着一袋狗饼干，上方的玻璃架子上放着好几个八角形玻璃瓶，瓶子的标签上用旋涡状的字体写着"吉亚斯塔拉"。

菲茨罗伊跑到包厢门口，在门上抓了抓。"不，菲茨罗伊，你不可以这么做。"哈里森责备道。贝莉爬到他的腿上，蜷起了身子。"你好啊，漂亮的小狗姑娘。"他摸了摸它的头，它抬起鼻子蹭了蹭他的手掌。正当他把脸埋进贝莉毛茸茸的脖子里时，外面突然传来了一阵越来越近的脚步声。哈里森心里一紧，连忙推开贝莉，慌慌张张地站了起来，四处张望。

他根本无处可藏。

# 第六章

# 幽灵的晚餐

哈里森转身面向门口，做好了道歉的准备，他深深地吸了一口气，但脚步并没有停下来，而是渐渐走远。他把门轻轻打开，偷偷地向走廊里瞄了一眼。女服务员艾米正端着一盘食物走进王室车厢。"但是那里应该没有人，"哈里森心想，"在抵达巴尔莫勒尔之前，那节车厢应该一直都是空的。艾米要给谁送餐呢？"他悄悄地溜出包厢，踮着脚跟在了她的后面。

王室车厢的地面上铺着厚厚的奶油色地毯，哈里森走在上面，一点儿脚步声也没有。他跟着艾米来到了一间起居室，房间里的色彩是薄荷绿色的，摆放着光亮的木质家具。当艾米穿过房间另一端的门消失时，哈里森俯身躲到离他最近的一把躺椅后面。接着，他蹑手蹑脚地穿过房间，把门拉开了一条缝，小心翼翼地窥视着房间旁一条长长的走廊。艾米走到走廊中间，把盘子放在了地板上。她在一扇门上敲了三下，然后便转向了哈里森这一边。

哈里森赶紧就逃。要是被人发现他私自进入王室车厢，那他的麻烦就大了。"有人在那个包厢里！"他心想。

"安静点儿，你们这些吓人的家伙。"

经过二号包厢，当听到里面有人说话时，哈里森放慢了脚步。那几只狗都在叫着。他小心翼翼地走过，听到了一阵撕扯声。门半开着，他看到狗粮凌乱地散落在地毯上。几只狗拥在一起，大口地吃着东西。它们显然都饿了。兰斯伯里夫人的侍从背对着门口，手里拿着一袋食物。

"好了，你们哪个贪吃的家伙想要这块多汁的烤牛肉呀？"维京朝他跳了过去，"好孩子，维京。来，把它全吃了。"

特拉法尔加也跳了起来，但那人却把它踢开了，"走开。这可不是给你的。"特拉法尔加痛苦地呻吟着，退到了包厢的角落里，舔着自己的腿。

哈里森胸中燃起了一团怒火。

"你在干什么呢，孩子？"一个声音在他身后响起。

哈里森转过身，迎面碰上了正站在三号包厢外的史蒂文·皮克尔。

"我……我想看看那几只狗。"

"你觉得兰斯伯里夫人会喜欢一个孩子在她的包厢外面鬼鬼祟祟的吗？"

"不，先生。我是说我没有鬼鬼祟祟……"哈里森试图绕过史蒂文·皮克尔，"我是……"

"怎么回事？"兰斯伯里夫人的侍从来到门口时，艾米刚好走进这条走廊。哈里森被彻底包围了。

"啊，罗文，"史蒂文·皮克尔咕哝道，"这孩子想过来看狗。至少他是这么说的。"

哈里森点点头，瞥了艾米一眼，发现她正在尽可能地往后退。

罗文翘起细长的鼻子，怒视着哈里森。"孩子，它们可不是玩具。"他用手指捋了捋自己的大背头，"赶紧走。"说罢，他返回自己的包厢，关上了门。

"快回你自己的包厢去，别自找麻烦。"史蒂文·皮克尔挥了挥小香肠一样的手指头，示意哈里森赶紧离开。

哈里森匆匆离开，他默默地把自己的名字也列进了不喜欢史蒂文·皮克尔的乘客名单中。

回到自己的包厢，哈里森看见纳撒尼尔舅舅正坐在写字台旁，手里拿着钢笔，日记本摊开摆在桌上。他在桌子的背板上钉了一张不列颠群岛的地图，并用红色标出了高地猎鹰号的路线。哈里森还发现，在他离开的这段时间，他的床上已经铺好了一床羽绒被。

"你回来了，"舅舅抬起头说，"去四处转了转？"

"我去看狗了，"哈里森觉得最好还是在别人告诉舅舅之前自己先向他坦白，"但是皮克尔先生说我鬼鬼祟祟的，然后把我赶回来了。"他走近桌子。"您为什么要用不同颜色的墨水写字？"他指了指舅舅的日记本问，"这是代码吗？"他低头盯着那页纸上歪歪扭扭的字。

"这是蒂兰速记法①，新闻学院教的一种速记法。这样写字更

---

① 蒂兰速记法是英国国家记者培训理事会采用的一套速记法。——译者注

56

快，而且通常只有记者才能看得懂。"纳撒尼尔舅舅给钢笔套上笔帽。"这里没有电，所以也不可能用笔记本电脑。"他指了指包厢四周，"每次写作，我都会使用不同颜色的墨水，等我重读自己写的内容时，我就能知道自己什么时候停过笔，或者有哪些地方做过改动。从事我这份工作，只要一个笔记本和两支钢笔就够了。这倒提醒了我……"他把手伸进箱子，拿出了一本护照大小的红色皮面书，说道："这个给你。"

哈里森接过舅舅手里的书。这本书外面还缠了一根绳子。哈里森松开绳子，飞快地翻了几页，里面全是空白的——这是一本速写本，等着他来填满。"谢谢您。"他向舅舅说道。

"你把睡衣换了，刷个牙，把它拿到你的床铺那里去。我已经违背了我对你妈妈的诺言，我答应她要让你八点前上床睡觉呢！"

哈里森刚爬上床铺，就打开了那本"书"——速写本。他握着笔思考了一秒钟，紧接着便画了一双明亮的眼睛。

# 第七章

# 福斯湾

　　高地猎鹰号载着熟睡的乘客在黑暗中穿行，沿着东海岸干线一路向北，火车头喷出的蒸汽缓缓向后飘去，像极了转瞬即逝的梦境。当它驶过城镇周围如同蜘蛛网一般的阴森道路时，平交道口的栏杆全都弯下腰来，向它致敬。午夜过后不久，它的刹车轻轻地响了起来，最后停在了一条侧道上加煤加水。很快，煤水车重新装填完毕，烟囱又咝咝地喷出了新鲜的蒸汽，高地猎鹰号再次咣当咣当地回到干线上，向苏格兰驶去。

"哈尔，醒醒，你得看看这个。"

一道光照了进来。哈里森眨眨眼，睁开了眼睛。纳撒尼尔舅舅让他赶紧从床铺上下来。窗帘拉开了。出现在哈里森眼前的一片湛蓝从火车底下一直延伸到地平线上。他把脸贴在窗玻璃上，这才意识到他们正在穿越一座由红铁格架组成的巨大桥梁。这座桥很长，两边都望不到尽头。

"我们在哪儿？"

"爱丁堡①北部。"纳撒尼尔舅舅把车窗拉开。"我们正在穿越福斯湾②。"他大喊，"看看这个！"

哈里森挤进叔叔和窗台之间的空隙，向外张望着。

"福斯大桥！"纳撒尼尔舅舅高声喊道，"世界上最雄伟的铁路桥之一。"

高地猎鹰号吹响了它的汽笛。当火车驶过高高的大桥时，桥下的河水闪闪发光，哈里森不由得感到一阵兴奋。远处，滚滚河流汇入大海，在地平线上与蓝色的天空相交。火车行驶在铁轨上，发出充满节奏的撞击声，大桥上的铁制品也随之震动

---

① 爱丁堡为苏格兰的首府，濒临福斯湾。——译者注
② 福斯湾为苏格兰东部的河口湾，位于福斯河的入海口。——译者注

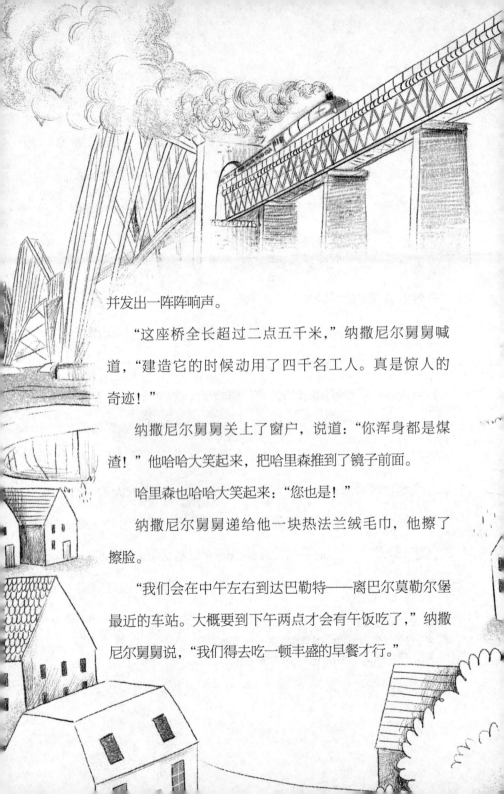

并发出一阵阵响声。

"这座桥全长超过二点五千米，"纳撒尼尔舅舅喊道，"建造它的时候动用了四千名工人。真是惊人的奇迹！"

纳撒尼尔舅舅关上了窗户，说道："你浑身都是煤渣！"他哈哈大笑起来，把哈里森推到了镜子前面。

哈里森也哈哈大笑起来："您也是！"

纳撒尼尔舅舅递给他一块热法兰绒毛巾，他擦了擦脸。

"我们会在中午左右到达巴勒特——离巴尔莫勒尔堡最近的车站。大概要到下午两点才会有午饭吃了，"纳撒尼尔舅舅说，"我们得去吃一顿丰盛的早餐才行。"

餐车里，史蒂文·皮克尔和戈登·古尔德正面对面地站着。

"如果是她弄丢的——"史蒂文·皮克尔用手指戳了戳戈登的肩膀，以此强调自己说的每一个字——"现在应该已经找到了。它不在我们的包厢里，肯定是被人偷了！"

"有什么问题吗？"纳撒尼尔舅舅问道。

"肯定有问题！"史蒂文·皮克尔咆哮道，"我刚跟这个死脑筋说要搜查这列火车。他们乘务员里面肯定有人手脚不干净，把我妻子的绿宝石胸针偷走了！"

"我们所有的乘务人员都为王室家族服务了很长时间，"戈登结结巴巴地说，"他们完全值得信赖。"

"肯定有人把它偷走了！"史蒂文·皮克尔一边往后退一边咆哮道。他眯起眼睛看着哈里森，"等我抓住他们，我要拧断他们的脖子。"他跺着脚走到旁边，一屁股坐在一张桌子旁，他的妻子则正戴着太阳镜坐在对面。

哈里森和舅舅点早餐时，山毛榉绿篱环绕的麦田在窗外转瞬即逝。等哈里森开始给福斯大桥画草图时，兰斯伯里夫人带着那群白狗走了进来，她经过时高兴地和大家打着招呼。当贝莉从旁边经过时，哈里森把手伸到桌子底下，摸了摸它的毛。接着，他翻开了新的一页，开始画那条狗。

"真是令人发指。"史蒂文·皮克尔大声地对兰斯伯里夫人抱怨道，他一边说一边把刀叉哗啦啦地扔在了盘子上，"我们是犯罪行为的受害者，可却没有人对此采取任何行动。我妻子的身体彻底垮了。"

莉迪亚点了点头，但她并没有摘下太阳镜。

"亲爱的，"兰斯伯里夫人将一只手放在了她的肩头，"你不舒服吗？"

"我肚子不舒服，"莉迪亚答道，"你记得我那个闪亮的蝴蝶结吗？就是我昨晚戴的那个绿宝石的胸针，它不见了，被偷了！"

"那东西花了我一栋房子的钱。"史蒂文·皮克尔抱怨道。

"噢，我的天哪！"兰斯伯里夫人把手放到了自己的脖子上，"你确定吗？"

"非常确定！"史蒂文·皮克尔替他妻子回答，莉迪亚刚要开口，但他又接着说了起来，"我很不高兴，兰斯伯里夫人，非常不高兴，因为有人忘了给它上保险。不过，没有人可以偷了皮克尔的东西还能全身而退。"

兰斯伯里夫人噘起嘴，看了看周围。"好吧，我本来不想说什么，但你们的遭遇反倒是给我壮了胆，我要把我遇到的一件怪事告诉你们。"她停顿了一下，"我好像也丢了一件贵重的珠宝。它本来放在我的梳妆台里，可是现在，唉，它好像不见了。"

莉迪亚·皮克尔惊呼了一声："不会吧？那火车上真的有小偷！"

"我的侍从罗文·巴克今天早上到处都找过了……我这个人有些马虎……当然了，我有那么多珠宝，偶尔丢一两件也很正常。但是听了你们的遭遇之后……好吧……我现在也觉得有些蹊跷了。"

"他们偷了什么？"

"我的珍珠耳环，一对蓝莓大小的天然珍珠耳环，周围还镶了钻石，非常复古的款式。我昨天晚上吃饭还戴着呢！"

"噢！"莉迪亚发出一声尖叫，"我的胸针也是那个时候不见的。昨晚，晚饭前！"

史蒂文·皮克尔坐在座位上转了个方向。"你昨晚在兰斯伯里夫人的包厢外面闲逛，我看见你了。"他指着哈里森说。

餐车里所有的乘客都不说话了，大家纷纷看着哈里森，哈里森觉得自己的脸涨得通红。

"我发现他鬼鬼祟祟的。"史蒂文·皮克尔继续说。

"我……"哈里森的声音卡在了喉咙里。

"年轻人，你从我的包厢里拿过什么东西吗？"兰斯伯里夫人问，"或许你是为了好玩？如果你拿了，你最好现在就坦白承认。"

哈里森摇了摇头。"我就是想看看您的狗。"哈里森感觉自己的脑袋一阵发烫，"我很爱狗。"

"他在说谎。"史蒂文·皮克尔说。

兰斯伯里夫人眯起了眼睛。

"好了，我们先不要操之过急。"纳撒尼尔舅舅站了起来，他的声音平静而且充满理性，"如果你们怀疑有人犯罪，我建议我们抵达巴勒特后，你们俩就直接报警，让有关部门来调查此事。"他点了点头，坐下来，表示自己的话说完了。

"我会盯着你的，"史蒂文·皮克尔对哈里森咆哮着说，"偷东西的小鬼！"

"皮克尔先生，如果你再对我的外甥提出任何指控，我就要报警控告你骚扰他。"纳撒尼尔舅舅平静地叠好餐巾，"这件事就此打住吧！"

史蒂文·皮克尔张着嘴想说点什么，但随后又闭上了嘴巴。他拿起叉子，扎进了盘子里的一块黑布丁。

"戈登，"纳撒尼尔舅舅对列车长喊道，"我们今天早上回包厢吃早餐，谢谢。"

"没问题，先生。"

"我没有偷任何东西，纳撒尼尔舅舅，我发誓。"一回到他们自己的包厢，哈里森便立刻说道。

"你当然没有了，"纳撒尼尔舅舅说，"我知道。皮克尔先生就是一个滑稽的恶霸。莉迪亚·皮克尔可能把胸针放错地方了。他们迟早会在自己的车厢里找到它的。你等着瞧吧！"

不一会儿，早餐便放在装有折叠支架的托盘里送了过来。哈里森发现这个托盘和自己昨天看到艾米放在王室车厢外的那个非常相似。

"如果真有珠宝窃贼怎么办？"哈里森一边说，一边拿起了报纸，"您看看这个。报纸上说有人从伦敦上流社会那些人手中偷走了不少贵重的珠宝。要是小偷也上了这列火车怎么办？"

"好吧，真要是那样的话，我们也没什么好担心的。"纳撒尼尔舅舅一边说一边给自己和外甥各倒了一杯橙汁，"我们身上也没有什么值得偷的东西。"

"可是，如果车上有小偷……我们难道不该抓住他们吗？"

"哈里森，再过几个小时，王子和王妃将在王室卫队的护卫下登上这列火车。只有疯子才会在戒备如此森严的地方偷东西。"纳撒尼尔舅舅咬了一口烤面包，"相信我，这列火车上没有小偷。"

# 第八章

# 王室专列上的逃票者

吃完早餐，哈里森站起身来，说道："我想看看有没有人愿意和我一起玩飞镖。"他抓起自己的速写本，把圆珠笔竖着插进了本子里。

"我不跟你一起去没关系吧？"纳撒尼尔舅舅从箱子里拿出了日记本，"我有工作要做，我得记录下昨晚起程的情况。"

"没事，我自己去就行。"哈里森笑了笑，举起了速写本，"如果没有人想玩飞镖，我就画画。"

"我们马上就要横跨泰河①，经过邓迪②了。桥上的风景相当漂亮——你可以留意看看。"

"好的。"哈里森把速写本塞进口袋，打开了门。

"如果皮克尔先生找你麻烦，你就回来找我。"

"我会离他远一点儿的。"

"你最好也离兰斯伯里夫人的狗远一点儿。"

哈里森关上门，向前走了几步便停了下来。接着，他转过身，踮着脚尖朝王室车厢跑去。

"这列火车上有一名珠宝窃贼，"他小声地自言自语，"而且我知道她藏在哪儿。"

哈里森一边跑，一边想着艾米送的那盘食物。艾米是小偷的同谋吗？如果真是这样的话，那个女孩和被盗的珠宝肯定都在王室车厢里。如果他能抓住小偷并且找到丢失的珠宝，那他就有可能获得报纸上提到的奖赏，到时候肯定能养只狗了。

他把手指伸进王室车厢折棚门的铜制凹槽把手中，将门滑

---

① 泰河是苏格兰最长的河流。它发源于苏格兰高地，向东流入北海。——译者注
② 邓迪是苏格兰东部的一座城市。——译者注

向一侧。滑轨上了油，一点儿声音也没有。穿过折棚门，他蹑手蹑脚地走在松软的地毯上，来到了艾米放托盘的地方。虽然只有短短几步路，但他的心脏却一直在胸腔里怦怦乱跳。他把耳朵贴在包厢的门上，但他心跳的声音太大了，什么也听不到。他轻轻地转动把手，把门打开了一条缝。包厢里的光线很暗。他先是闻到了一股滑石粉和香水的味道，接着又看到了一张双人床。虽然床上没有人，但床单却皱巴巴的。床头柜上还放着半杯橙汁。

哈里森走进了包厢，看到脚下有一个用扑克牌摆出来的整齐的长条形。包厢里是空的。他拿出速写本，坐在床边，迅速地勾画了一张包厢布局的示意图。

咔嗒一声，他身后的门突然关上了。

"抓到你了！"一个声音喊道。

哈里森被吓得几乎魂飞魄散。一个穿着红色 T 恤和蓝色工装裤的女孩双臂交叉放在胸前，正站在门口朝他吐着舌头。她的腰上系着一条工具腰带，他看到那里面放有一个扳手、两个螺丝起子和一把美工刀。"她就是这样闯进兰斯伯里夫人的包厢的，"哈里森心想，"她把门锁撬了。"

"不，是我抓到你了。"哈里森一边说着，一边急忙把速写本塞进屁股后面的口袋里。

这个女孩的个子比哈里森还要高，她一脸挑衅地盯着他，问道："你是谁？你偷偷溜进我的包厢干什么？"

"这不是你的包厢，这是王室家族的包厢。任何人都不得进入这里。"

"可你就进来了，"女孩仰起头，"我抓到你未经允许偷偷溜进王室车厢。你会有大麻烦的。"

"是啊，可你要进监狱了！"哈里森伸出手，"把胸针和耳环给我，不然我就要报警了。"

女孩皱了皱眉头，问道："什么？"

"你昨晚从皮克尔夫人和兰斯伯里夫人那儿偷走了珠宝。"

"车上有小偷？"

哈里森点了点头："等我们抵达巴勒特，他们就会去报案。"

"啊，真倒霉！"女孩低声嘟囔了一句。

"你最好现在就去自首。"

女孩翻了个白眼："我不是小偷，你这个笨蛋。"

"我不是笨蛋。"

"你要是觉得我是小偷，那你就是个笨蛋。"

"你要不是小偷的话，为什么要躲起来？"

"我没有车票，是个逃票者。"

"是个什么？"哈里森完全没想到她会这么说。

"我不想错过高地猎鹰号的最后一趟旅程，但爸爸说儿童不被允许乘坐这列火车。"她满脸责备地看着哈里森，"不过，这显然不是真的。"

"我本来也不应该来的。"哈里森说，"因为我妈妈住院了，所以我舅舅带我上了火车。"

"她生病了？"

"对……也不是，她要生宝宝了。"哈里森胸口一紧，不想谈起妈妈，"你没有车票？那你是怎么登上火车的？"

女孩眯起眼睛，怀疑地看着他："你得答应我不告诉别人。"

"告诉别人什么？"哈里森眨了眨眼睛，"我什么都不知道。"

"爸爸可能会有麻烦，他可能会因此丢了工作。"

"给你送餐的女服务员也知道。"

"艾米？不，她没事。她会替我保密的。"

"我也可以保密。"

"你得发誓，说'我……'，你叫什么名字？"

"哈里森·贝克。"

"说'我，哈里森·贝克，以呼吸和口水起誓，绝对不告诉任何人玛琳在高地猎鹰号上'。"

"玛琳？"

"嗯，你觉得这名字有什么问题吗？"

哈里森摇了摇头。

"很好。好了，发誓。"

"我，哈里森·贝克，以呼吸和口水起誓，绝对不告诉任何人玛琳在高地猎鹰号上。"

玛琳往自己手上吐了口唾沫，伸出手来要与他握手。哈里森面露难色，但两人还是握了握手，温暖的唾液在两人掌心摩擦，誓言就此生效。

"我爸爸是火车司机，"她一边在工装裤上擦手，一边自豪地说，"蒙哈吉特·辛格，英国最好的蒸汽火车司机。"

"你爸爸是火车司机？"哈里森感到非常惊讶，"所以说，是他让你上火车的？"

"不！他从来不会违反规定。我们全家开车前往白金汉郡①送爸爸出发。在火车驾驶台上和爸爸拥抱道别后，我告诉妈妈说爸爸改变了主意，说我可以跟他一起去。在去伦敦的路上，我藏在煤水车里。等我们抵达国王十字车站时，我向爸爸坦白了。"她咧嘴一笑，蹦到床上，开始在床上蹦蹦跳跳。她长长的黑色发辫甩来甩去。她一边跳一边又说："到了那会儿，我知道爸爸一定会带上我的。我一个人也不可能回托基②。"

"他没生气吗？"

"有一点儿，"她耸了耸肩膀，"但我和爸爸对火车的感情是一样的——它们已经融入了我们的血液。"玛琳一屁股坐在了床上，一只玩具老鼠从她工装裤的前胸口袋里飞了出来。她连忙抓住它，把它塞了回去。

"那是个泰迪熊吗？"哈里森嘲讽道，"你多大了？"

"再过三个月我就十二岁了。"玛琳瞪着他说，"而且它也不是泰迪熊，这是老鼠佩妮。爸爸在我第一次登上高地猎鹰号的驾驶台时送给我的。我觉得它也应该来参加这趟旅行。你多大了？"

---

① 白金汉郡是英格兰中部地区的一个郡。——译者注
② 托基是一座位于英国西南部的海滨小镇，是著名的"侦探小说女王"阿加莎·克里斯蒂的故乡。——译者注

"我十一岁了。"哈里森在她身边坐了下来。"我家里也有一只玩具小狗叫普姆，因为我爸妈不同意我养一只真正的狗。"他羞怯地笑着，"我并没有嘲笑你的老鼠的意思。我能看看它吗？"

玛琳把玩具老鼠递给了他。小老鼠的鼻子由一堆黑线缝制而成，旁边有几根用马鬃做的胡须。除此之外，它还有一根用黑色皮革做成的尾巴。"它住在火车头的煤水车里，它喜欢吃奶酪。我小的时候经常吮吸它的尾巴。"她说。

"真恶心。"哈里森连忙把它还给了玛琳。

"好了，跟我说说那个珠宝小偷的事。"玛琳说。

哈里森把手伸进口袋，拿出速写本和昨天那张报纸。"昨晚有人偷走了莉迪亚·皮克尔的绿宝石胸针。今天早上吃早餐时，兰斯伯里夫人说有人闯进了她的包厢，偷走了她的珍珠耳环。我认为那个专偷上流社会那些人珠宝的小偷，"他指着那篇文章，"和这个在火车上偷东西的小偷是同一个人。"

"哇哦！"玛琳接过报纸，"上面说他们偷走了某人戴在手指上的红宝石戒指！"

"抓到小偷的人还会获得赏金，有一万英镑。"

玛琳摇了摇头，说道："这还不够买下一列蒸汽火车。"

"你想买一列火车？"

"不是一般的火车。我想要的是一列 A4 太平洋型列车。一万英镑连一台老式火车头的铭牌都买不到。"

"你可真奇怪。"

"不，我很爱火车，"玛琳看着他，"你难道不喜欢火车吗？"

"我从来没有关注过火车，"哈里森环顾了一下四周，"我觉得这列火车还挺酷的。"

"还挺酷的？"玛琳一脸嫌弃地说，"这是史上最伟大的列车之一，这种 A4 太平洋型火车创造了蒸汽列车的最高时速，你有幸参加这列火车的最后一趟旅程，你难道就只是觉得它还挺酷的？"她摇了摇头。"你这个人肯定有问题。"她一跃而起，抓住他的手，把他从床上拉了起来，"走。"

# 行走自如

　　确认走廊里没有人之后，玛琳拉着哈里森一下子就冲了出去。他们朝火车的前部跑去，随着他们的跑动，他们脚下的地毯也变成了油毡。哈里森闻到了煎培根、咖啡和机油的味道。

　　"我们到服务车厢了。"当他们从橱柜以及堆满白色毛巾和床单的架子旁经过时，玛琳松开了哈里森的手。"这里是食品储藏室，"她扭头咧嘴一笑，"里面的应急饼干味道不错。"

　　突然，一声鸣笛响了起来，一列特快列车从他们身边疾驰而过，整节车厢也随之摇晃了起来。哈里森踉跄了一下，胳膊肘撞在了食品储藏室的门上。

"哎哟！"哈里森的胳膊疼得就像被大黄蜂蜇了一样，他不禁做了个鬼脸。

"嘘！"玛琳将一根手指比在了嘴唇前面。

"你甚至都没有晃一下。"哈里森揉着胳膊肘说道。

"我能在火车上行走自如，"她意味深长又自得地说，"就像有的人可以在船上行走自如一样，只不过这里是火车。"

"真有这种事吗？"

"不知道。"玛琳耸了耸肩膀，"双腿弯曲，就像站在滑板上一样，这样会好一些。"

他弯曲膝盖，摇摇晃晃地跟在她的身后。

"不用弯那么多。"玛琳咯咯地笑着说。

这条走廊通向一间摆满了储物箱的车厢。一辆运输小车被紧紧地固定在墙上，旁边的挂钩上挂着两件制服夹克。一个身穿蓝色西装、头戴金色镶边帽子的男人正拿着刷子，坐在电话总机旁的木凳上擦鞋。哈里森认出了他，他就是那个在国王十字车站吹哨的列车员。玛琳伸出胳膊，让哈里森留在后面。

"喂，格拉汉姆，"她小声地说，"把眼睛闭上。"

列车员笑了笑，闭上眼睛，手里继续擦着鞋。

"你从来没见过我。"玛琳低声说着，朝哈里森挥了挥手，示意他赶紧踮着脚穿过车厢。

"我什么也没看到，"格拉汉姆哈哈地笑起来，"我根本不知道你在火车上。"

"大多数列车员都知道我在这儿，"玛琳一边往前走一边向哈里森解释，"但我爸爸叫他们睁一只眼闭一只眼。"她瞥了哈里森一眼。"不过，我不应该和乘客说话。"她说。

他们来到了一节全是三层卧铺的车厢。"乘客绝对不允许进入这节服务车厢。列车员努力工作，希望能给乘客们带来一次神奇的体验，但对于休息的地方，他们不喜欢别人知道得太多，就像没有哪个魔术师愿意解密自己的魔术。"玛琳指着前面向哈里森介绍，"那是他们下班后待的地方。要是乘客们一直对他们颐指气使，问他们要这要那，他们就没法休息了。"

哈里森想起了皮克尔先生对戈登·古尔德说话的方式，也想起了兰斯伯里夫人四处闲逛、对列车员要求不断的样子，他完全能够理解玛琳所说的意思。

下一节车厢非常宽敞，里面有两张桌子和两条长凳。艾米正站在远处角落里的一个柜台旁，背对着他们在冲泡茶叶。

"嗨，艾米！"两人走进车厢时，玛琳打了个招呼。

"你跑到包厢外面来干什么？你答应过会躲起来的……"艾米转身径直走了过来。"噢，贝克少爷。"她瞪着玛琳，哈里森则很不自在地站在原地。

"好了，别发脾气！"玛琳激动地说，"哈里森找到了我藏身的地方。他说他不确定自己喜不喜欢蒸汽列车，所以我想带他来……"

"玛琳，"艾米的声音变得严肃起来，"这可不是闹着玩的。我可能会丢了工作。"

"我发过誓不会告诉任何人。"哈里森说，"我知道我不能来这里，但我保证会保守一切秘密的。"

艾米叹了口气，转身回到柜台边，往茶里加了些牛奶说："你爸爸一个小时前就换班了。"

"谢谢，艾米，你最好了。"

"我是个笨蛋，我就是个笨蛋。"当他们从她身边经过，准备穿过门廊向下一节车厢走去时，艾米更像是在自言自语。

一扇门的后面传出一阵阵机器的轰鸣声，听上去令人非常不安。门上写着"火车头"几个大字，字的旁边有一个黄色的三角形，里面还画了一个黑色的闪电标志。门的旁边有一个巨大的笼子，上面挂着一把大锁。车厢左右两边没有窗户，只有开在顶上的天窗。

"行李车厢，"玛琳匆匆走过，"你的包应该就在里面。"她说。

"我没有什么行李，"哈里森一边回答，一边朝笼子里瞥了一眼，笼子里高高地堆着行李箱和手提箱，"我只带了一个帆布背包。我真希望是妈妈帮我收拾的行李。我东西全带错了。"

"她为什么没帮你收拾呢？"

"之前，本来一切都很正常。突然，我被告知要和我舅舅一起乘坐火车出行。妈妈忙着收拾去医院要带的东西，根本没有时间帮我。我想他们应该都在担心我的小妹妹。"

"我有三个妹妹。之前纳坦出生的时候，我不得不和邻居蒂勒尔先生待了整整一个下午。他那人有点儿奇怪。他白天从不出门，晚上却总是出去收集死了的东西回来做标本。不过后来我觉得也还不错，因为他教会了我如何剥松鼠的皮。"

哈里森扮了个鬼脸说："我宁愿待在高地猎鹰号上，也不愿意剥松鼠皮。"

"我宁愿待在高地猎鹰号上，也不愿意待在其他任何地方。"玛琳笑了笑。"你期待当哥哥吗？"她问。

"我不知道。我从来没想过这件事。"

"你也没想太多，是吧？"玛琳哈哈大笑起来，"做老大很辛苦的。你会经常被人忽视，你得分享自己的一切，大人们还总会要求你给弟弟妹妹树立榜样。"

"做老大辛苦得就像藏在王室专列上一样？"哈里森也笑了。

"我说真的，"玛琳开玩笑地推了他一下，"你会明白的——等你妹妹出生后，一切都会发生变化。她会缠着你，要你一直陪她玩。反正我遇到的情况就是这样。"

"我才不玩女孩子的游戏呢！"

"女孩子的游戏是什么？"

哈里森耸了耸肩膀。"扮演王妃？"他问。

玛琳狠狠地打了他的胳膊一下。

"哎哟！"哈里森脱口嚷了一句。

"我妹妹普丽娅和我就经常玩扮演王妃的游戏。她让我扮演王子和她战斗。你猜谁赢了？"

"你？"哈里森低头看了看玛琳的工具腰带。

"普丽娅。因为她上过舞蹈课，所以她的腿非常强壮。她可以在你挥拳之前，朝你膝盖后面来一脚，或者在你的膝盖后面来一拳把你打倒。她称这为格斗芭蕾。"

"好吧，"哈里森点了点头，"我会记住要离她远一点儿的。"

玛琳哈哈大笑起来。她抓住车厢尽头的门把手，打开下面的门锁，猛地拉开了车厢门。一股冷空气迎面扑向哈里森。火车行驶发出的撞击声让他感到一阵眩晕。他的面前有一个装有煤的深红色的金属槽。玛琳敏捷地从两节车厢间的空隙跳过，打开另一扇金属门，消失在了那扇门的后面。

哈里森抓住车厢外的铁把手低头向下看了看。铁轨上的枕木不停地向后飞驰而去，速度快得让他眼花缭乱。不过两节车厢之间的空隙并不远，只要轻轻一跳就能过去。

玛琳突然从金属门里探出头来："快点儿，慢吞吞的家伙。"

"我……我做不到。"哈里森吞吞吐吐地说。

"想象你自己是一个芭蕾舞演员！"玛琳喊了一声便又不见了。

哈里森深吸了一口气，松开把手用力一跳。他本以为自己会掉下去，却重重地落在煤水车的走廊上，跌跌撞撞地摔到

了地上。他的胸口怦怦直跳。火车头的轰鸣声使四周的金属墙壁震动着。他摇摇晃晃地站了起来。房间里很暗，天花板很低。这里满是煤燃烧后产生的烟味。当他走到火车头的驾驶台时，一阵风把他的头发全吹到了脑后。他深吸了一口气，那灌木绿篱、树木和天空从眼前掠过的生动景象让他惊呆了。

# 驾驶台

　　哈里森看到玛琳正站在一位火车司机的边上，司机正把头探出一扇没有玻璃的窗户，注视着前面的铁轨。玛琳咧嘴笑着，使劲拽了拽司机的胳膊——看来那应该就是她的爸爸。

　　"爸爸，这是我的朋友哈里森。"

　　火车司机转过身来。他的头上系着一条海军蓝头巾，头巾打结的地方正在他那饱经风霜的前额上。他眼神和善，身上穿着和玛琳一样的蓝色粗布工装，里面套着浅蓝色的衬衫。

"朋友？什么朋友？"他看着哈里森，皱了皱眉头，"我跟你说过要远离乘客的，玛琳。"

玛琳甜甜地对她爸爸笑了笑。"他看起来很孤单。"她说。

"不，我没有。"哈里森反驳道。

"他找到了我的藏身之处。"玛琳耸了耸肩膀承认道。

火车司机叹了口气："玛琳·辛格，你会害死我的。"他转而露出一丝温暖的微笑，对哈里森说道："很高兴认识你，哈里森。我是蒙哈吉特·辛格。我女儿真是有史以来最不听话的女孩。这位——"他拍了拍身后一个正弯着腰的男人的肩膀，继续说道："是乔伊·布雷，高地猎鹰号的锅炉工。"

乔伊·布雷朝哈里森点了点头，用力将铲子插入煤槽，转身将黑色的煤块送进了燃烧的锅炉里。顿时，哈里森感到一阵热气拍打在他的脸颊和额头上。

"玛琳，亲爱的，"她爸爸说，"乔伊在铲煤的时候，你坐到锅炉工的凳子上去。哈里森也别挡在过道上。我们马上就要加水了。"

玛琳纵身跨过驾驶台，爬到了凳子上。"是不是很棒？"她骄傲地对哈里森说。

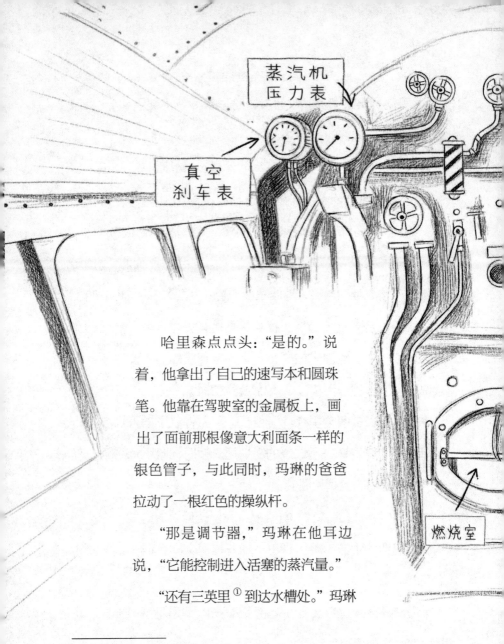

蒸汽机
压力表

真空
刹车表

燃烧室

哈里森点点头："是的。"说着，他拿出了自己的速写本和圆珠笔。他靠在驾驶室的金属板上，画出了面前那根像意大利面条一样的银色管子，与此同时，玛琳的爸爸拉动了一根红色的操纵杆。

"那是调节器，"玛琳在他耳边说，"它能控制进入活塞的蒸汽量。"

"还有三英里①到达水槽处。"玛琳

---

① 英里为英制的长度计量单位，1 英里≈1.609 千米。——译者注

主刹
压力表

的爸爸转过头对乔伊说。

　　乔伊点了点头："好嘞。"

　　哈里森抬头看着玛琳，问道：

"你会开吗？"

　　她摇了摇头。"你必须拥有多年

的驾驶经验，才能开这样一列火车。"

她提高了嗓门，"要想驾驶王室专列，

你必须是英国最好的火车司机。"

　　"这需要练习和团队合作，"玛

琳的爸爸在巨大的轰鸣声中说，"乔伊

负责把火烧旺、烧均匀。水会通过管道从火焰的上

方流过，逐渐变成蒸汽，蒸汽在这些反复折回弯曲的管道中

被继续加热，直到处于过热状态，此时的蒸汽动力更大。

　　这些蒸汽会带着巨大的压力涌入列车前部的舱室，推动

活塞，使车轮转动起来。"

"这就是一个装满水的大水壶。"乔伊说着，又往炉子里铲了一把煤。

"您得一直这样往火里加煤吗？"哈里森问。

"我每小时要铲大约一吨煤，"乔伊说，"但我也不是随便把煤往里面倒。你必须把它均匀地散开，这样穿过煤炉的蒸汽才能被均匀加热。"

"乔伊负责给火车提供动力，而我则负责驾驶。"玛琳的爸爸说，"这个控制杆是个调节装置，它能调整火车头的速度。这些负责刹车，如果我们需要让火车立即减速，它们就能派上用场了。毕竟，如果要等蒸汽机自身完全停止工作，火车还会往前行驶很长一段距离。"他轻轻地敲了敲哈里森头顶上的一个计量表，说道："我得时刻关注锅炉内部的压力，并随时察看煤水车里还有多少水，这样蒸汽机才不至于因为过热而爆炸。"

"蒸汽机会爆炸？"

玛琳的爸爸点了点头："如果压力过大的话就会，但我们不会让这种情况发生。有很多方法可以释放蒸汽。"他指了指旁边杂乱且咝咝作响的管子中间的一条链子，说道："拉一下。"

哈里森猛地一拉链子，一股蒸汽喷涌而出，一声欢快而又高亢的响声瞬间淹没了火车头发出的咝咝声。他十分激动地看着玛琳，又拉了一下链子。

玛琳的爸爸探出身子，看了看他的手表。"水槽要到了！"他对乔伊喊道。

锅炉工点了点头，用铁锹的一侧敲了敲炉子的通风口，然后将铁锹的把手递给了玛琳："拿着这个，行吗？"

玛琳骄傲地接过来，乔伊拍了拍手上的灰尘，走到驾驶台的角落。

"半英里！"玛琳的爸爸对乔伊喊道。

"看好了，哈里森！"玛琳瞪大了双眼，"他们要重新加水了。你看！"

她从驾驶室探出身子，指着前方。哈里森俯视着火车那猩红色的流线型车头，它正把一股股蒸汽和烟雾喷向空中。

"煤水车里的水就是从那个水箱里来的！"玛琳喊道，"水变成蒸汽并推动活塞运动后，它们就会从烟囱里飘出去。渐渐地，水箱里的水会被耗尽，所以我们得把它重新灌满。"

"你准备好了吗？"玛琳的爸爸喊道。

"好了！"乔伊大喊一声。

哈里森注意到前方的铁轨和枕木似乎改变了飞驰而过的节奏。再往前看时，他发现并行的两条铁轨之间有一个闪闪发光的大水槽。

"放！"玛琳的爸爸大喊道。

乔伊使出浑身力气，用双手转动着巨大的曲柄。他们脚下传来一阵巨大的水流声和地动山摇般的巨响。水流从火车头两边汹涌而过，就好像他们正驾车驶过池塘似的。

"哇噢噢噢噢噢！"玛琳迎着风喊道。

哈里森飞快地转过身来，竭力想弄清楚发生的一切，他瞪大了眼睛，心怦怦直跳。"发生什么事情了？！"他问。

"煤水车下面有个'大勺子'。"玛琳向下指了指，"我们开过水槽时，乔伊调整曲柄将'大勺子'放了下去。水槽中的水上升进入煤水车。"她又指了指压力表，"你看！"

哈里森看到压力表的指针正在慢慢偏转。此时乔伊的双眼则一直盯着一根水管。很快，这根水管便开始向一个漏斗溢水了。

"满了！"乔伊大喊一声，把曲柄转向另一个方向，这意味着把"大勺子"升了起来。随着火车哐啷哐啷地向前驶去，水流的哗哗声渐渐消失了。火车重新加满了水。乔伊用袖子擦了擦额头，玛琳的爸爸——辛格先生也露出了微笑。

"我们刚舀起了三千加仑①的水，"玛琳说，"十秒钟灌了十三吨。"

哈里森一脸惊讶地看着玛琳的爸爸和乔伊。

乔伊眨了眨眼睛，拍了拍火车："咱们的这位姑娘口渴了。"

玛琳把铲子递了过去，乔伊又开始有节奏地往炉子里添煤。

"高地猎鹰号真是太棒了！"哈里森大声感慨道。

玛琳咧嘴一笑："我就说嘛！"

"我不明白。既然这个火车头运转得这么顺畅，为什么要让它退役呢？"

"它老了……而且运行起来成本非常高。"辛格先生望着外面伸向远方的铁轨。"完成这趟旅行我们需要两班人员，上夜班的丹尼尔和凯丽这会儿正在睡觉。现在世界上已经有了更高效的火车头，"他摇了摇头，"但是它们都没有如此威风凛凛的蒸汽。"

"但是高地猎鹰号比普通火车更好，"哈里森说，"人们应该知道这件事。我敢打赌，如果人们知道蒸汽火车有多棒的话，

① 加仑是容积计量单位，分英制和美制两种。按英制计量单位换算，1加仑 ≈ 4.546 升。——译者注

他们肯定都会想要乘坐蒸汽火车的。我是说，你看它们跑得多快啊！"他朝周围嗅了嗅，问道："你们有人闻到烤豆子的味道了吗？还是只有我一个人闻到了？"

"该吃第二顿早餐了。"乔伊说着，伸手拿起了一个扳手。他从那些管子的后面扒出了三个用银色锡箔纸包裹着的小球，并把它们扔到了铁锹上。"真是滚烫啊！"他一边说，一边把锡箔纸的边缘往外拉了拉。

"烤土豆？"哈里森问。

玛琳在煤水车里的一个小橱柜旁弯下腰，拿出了三个锡盘放在地上，好让乔伊来放土豆。土豆那烤得像纸一样酥脆的外皮已经裂开了，冒着热气，正哐哐作响。玛琳从她的工具腰带上拿出瑞士军刀，在每个土豆上划了一个深深的"十"字，并在里面塞上了一块黄油。站在一旁的哈里森都流口水了。

辛格先生拧开一把夹钳，抓起一块抹布——用来保护自己的手。他从锅炉顶部拿下了一罐开着的烘豆罐头。罐头里面黏糊糊的橙色酱汁正在咕噜咕噜地冒着泡泡。"锅炉能升温到一千五百多摄氏度，"他说，"这么多热量，浪费了多可惜。"

乔伊从橱柜里取出一把干净的铲子，用布擦了擦，然后打开炉子，把铲子放在了火上。玛琳递给他三个鸡蛋，他把鸡蛋打在了铲子上。随着一阵哗哗的声响，半透明的蛋白很快就变成了白色。很快，每个盘子里的土豆和豆子旁边便多了一个完美的煎蛋。

"你可以跟我分着吃。"玛琳背靠着车厢壁坐了下来。她展开折叠餐具，从里面拿了一把叉子递给了哈里森。

哈里森在她旁边坐了下来。他还从来没有因为要吃饭了这么激动过。他撮起一些土豆和豆子，沾了沾蛋黄便送进了嘴里。热乎乎的食物烫得他直往外呼气，这是他吃过的最美味的食物。

"现在你知道我为什么要偷偷溜上车了吧？"玛琳说。

哈里森点点头，蛋黄顺着他的下巴滴了下来。

玛琳满脸堆笑地从他手里接过盘子，把身子往他跟前凑了凑。"好了，我们要怎么才能抓住那个珠宝大盗呢？"她问。

第十一章

# 喜　鹊

哈里森狼吞虎咽地吃完，又笑着看玛琳把盘子舔干净。

"你的笔记本里有嫌疑人的名单吗？"她向他发问，"我们应该好好想想每一位乘客及其可能的动机。我看电视上就是这么做的。"

"这是个速写本。"

"我们先给小偷起个名字吧，比如黑猫或者粉红豹之类的……"她歪着头思考着。

"叫'喜鹊'怎么样？"哈里森提议道，"它们就喜欢偷闪闪发光的东西。"

"这个名字真是太棒了！"玛琳看上去非常开心，"快记在你的本子上。"

哈里森拿出速写本和圆珠笔。他翻到空白的一页，画了一只嘴里叼着一颗闪光石子的喜鹊。

"嘿，你画得真不错。"玛琳拉扯着他手里的本子，"给我看看。"

"不，我……"哈里森试图把它抢回来，但她已经往前翻页了。

"这是我！"

"对。"哈里森低头看着驾驶台附近的地板，脸颊涨得通红。

"还从来没有人画过我。"玛琳学着画里的样子，吐了吐舌头，"画得真好。"她笑着又往前翻了几页。

"这是谁？"

哈里森夺过速写本，一把将它合上，说道："这是我妈妈。"

"噢，好吧……"玛琳转移了话题，

"想想看，如果我们真的破案了，那该有多棒啊！"

"或许我必须破案才行。"哈里森说，"史蒂文·皮克尔认为我是小偷。"

"那个肥头大耳的人？他知道什么？"

哈里森忽然意识到自己离开包厢已经很长时间了。"我该回去了。"他说。

"我带你回去。"说着，玛琳把她的脏盘子放回了橱柜里。

"谢谢您向我展示了火车头，辛格先生。也谢谢您的美食，布雷先生。我玩得非常开心。"

玛琳的爸爸握了握他的手，说道："哈里森，如果可以的话，请不要告诉任何乘客你来了驾驶台或是和我没有票的女儿在一起，我先谢谢你了。不然，这件事可能会引起麻烦。"

哈里森点了点头，说道："您尽管放心，辛格先生。"

"谢谢你。"辛格先生笑了笑，转过身回到了驾驶台旁边。

玛琳和哈里森从煤水车往回走去。这一次，哈里森跳向车厢时几乎没有感到一丝恐惧。

"你舅舅为什么会搭乘高地猎鹰号？"两人穿过服务车厢时，玛琳问道。

"他要为《每日电讯报》撰写一篇有关此次旅行的文章。他写了很多关于搭乘火车旅行的书。"

玛琳停下了脚步，问道："你舅舅是纳撒尼尔·布拉德肖？"

哈里森点了点头。

"他是我最喜欢的作家！你读过《龙之蒸汽》吗？"

哈里森摇了摇头，说道："他的书我一本都没有读过。"

玛琳看起来非常震惊。

"我会读一读的。"他急忙加了一句。

"我打赌他能帮我们抓住那只'喜鹊'。他很可能已经注意到了各种各样的线索。"

哈里森摇了摇头，说道："他不相信有贼。他不相信有人会乘坐王室专列来偷东西。"

"哈！"玛琳向前一蹦一跳地走着，"我们知道火车上有一只爱偷东西的小鸟，我们要抓住它。我们是火车侦探。"

"玛琳，"哈里森急忙跟了上去，"你又不能冒被人看见的风险。我们该怎么办呢？"

"你负责问问题和寻找线索。"她皱着眉头答道，"然后，你告诉我你发现了什么，我们一起来破案，毕竟我对这列火车了如指掌。好吗？"

"好的。"

"首先，我们需要多了解一些失窃珠宝的情况。它们长什么样？它们究竟是什么时候被偷的？在哪里被偷的？"

"我没见过兰斯伯里夫人的耳环，她说是一对珍珠耳环。但我见过莉迪亚·皮克尔的胸针。我画给你看。"

哈里森蹲了下来，玛琳则跪坐在他的身边。他拿出速写本，开始画了起来，但颠簸的车厢让他根本拿不稳笔。"啊，这完全没法画。"他抱怨道。

"你把速写本平放在地上，肚子贴在地上，"玛琳说，"手臂放松，随着火车一起运动。别刻意去对付火车的晃动。"

哈里森停顿了一下："我想我知道胸针是什么时候被偷的了。"

"什么时候？"

"你当时也在。"他又翻开了新的一页，画了五条对角线，如果这几条线能够延伸到下一页，它们全部会相交于同一个点。

"这是什么？"

"透视线。"哈里森一边回答，一边半闭着眼睛回忆观光车厢及站在里面聊天的一群人。虽然没有一直盯着速写本看，但他的圆珠笔在纸上轻快地移动，很快便画出了当时的场景。

"我在这里，"他喃喃地说，"找你。"他画了个"叉"，朝玛琳点了点头，说道："顺便问一句，你当时在哪儿？"

玛琳笑了，说道："在手推车的白布下面。"

"后来纳撒尼尔舅舅过来了。我们离开车厢时，莉迪亚就在抱怨胸针丢了。"他的笔指着画中莉迪亚的形象，"可是在这里，就在几分钟前，它还在她的胸前，因为我就是在那个时候看到它的。"

玛琳盯着哈里森的画，问道："你是怎么做到的？"

"做到什么？"

"这样画画。"她看着哈里森，"画里的场景好像就在你的面前一样。"

哈里森耸了耸肩。"如果我用言语把我的所见所闻告诉你，很有可能会出错，我可能会词不达意，可能会还原得不是很清楚。但是，如果我把自己看到的东西画出来，"他用笔敲了敲自己的脑袋，"那就可以完全还原当时的场景了。"

玛琳轻轻地吹了一声口哨，说道："我们俩联手破案，那只'喜鹊'将无处可逃。"

哈里森感到一阵由衷的自豪。除了妈妈，还没有人对他的绘画这么感兴趣过。

突然，他们听到一阵响声，玛琳连忙把哈里森拖进了食品储藏室。透过门缝，哈里森看见列车员格拉汉姆从外面走了过去。

"走吧！在我们被人发现之前，我先把你送回你的包厢去。"玛琳小声说。"让我再看看那幅画。"她一边走，一边盯着哈里森的画，"'喜鹊'肯定就是画里的某个人。等一下……欧内斯特·怀特在哪儿？"

哈里森

"那儿，"哈里森指着画上的一个位置说，"就是那里，他当时坐在一把扶手椅上。"他的目光扫过画中的每一个人物，不由得注意到当时自己的舅舅正站在离莉迪亚·皮克尔不远的地方。

"我们必须怀疑每一个人，直到我们能证明他们的清白为止。"玛琳说，"电视上都是这么做的。"她把速写本交还给哈里森，然后推开了通往王室车

← 玛琳

厢的门。"我一有了什么发现，就来告诉你。"哈里森说。

玛琳点了点头："我去看看车上的工作人员知不知道些什么。"

哈里森匆匆往回跑去。与玛琳联手捉拿"喜鹊"的计划让他兴奋不已。他的脸不久前被冷风和驾驶台锅炉的热气吹过，直到现在还在一阵阵地发紧。不仅如此，他似乎还能一直闻到烘豆的味道。当他转过拐角时，他听到了皮克尔先生的喊叫声。

"我命令你把门打开！"

纳撒尼尔舅舅站在走廊里，背对着自己包厢的门，戈登·古尔德正站在他的身旁。

"我知道您很不高兴，先生，"戈登·古尔德说，"但恐怕我不能这么做。我们必须尊重乘客的隐私。"

"尊重？那个男孩在观光车厢里撞到我们，还偷走了我妻子的胸针。他对我妻子就没有一点儿尊重！"

哈里森皱起了眉头，原来他们正在谈论自己。

"能证明那个男孩有罪的证据在包厢里面。"皮克尔先生指了指包厢的门。

"等我们到了巴尔莫勒尔后，警察自然会进去找的。"纳撒尼尔舅舅语气平和地说。

"那会给那个男孩留出藏匿证据的时间，或者……或者直接把它扔出窗外！"皮克尔先生圆圆的脸庞涨得通红，看起来就像一块意大利腊肠。"他在那儿！"皮克尔先生气急败坏地朝哈里森喊道，"你笑什么笑，孩子？你去哪儿了？我敢打赌你又偷东西了。"

"我不是小偷。"哈里森说，他觉得自己肯定没有笑。

"搜一下他的口袋！"皮克尔突然朝哈里森走来。

"你别想碰我的外甥！"纳撒尼尔舅舅跳到哈里森面前，一把推开了皮克尔先生。

"皮克尔先生，求您了。"戈登·古尔德抓住了史蒂文·皮克尔的肩膀，可愤怒的铁路大亨一下子便甩开了他。

埃森巴赫男爵打开哈里森对面的房门。"有什么问题吗，先生们？"他问。

"一点儿小分歧，"纳撒尼尔舅舅克制地说，"皮克尔先生似乎觉得自己是夏洛克·福尔摩斯。"

"到底发生了什么事？"塞拉·奈特肩上披着一条天蓝色的披巾走进走廊。露西·梅多斯站在她身后两步远的地方，手里拿着一摞看上去像是手稿的东西。"你们能小点儿声吗？我正在背台词呢！"塞拉抱怨道。

"把这扇门打开，不然……"皮克尔先生刚刚开口，没想到纳撒尼尔舅舅突然大声地打断了他。"戈登，我想让你把皮克尔先生的包厢打开。"纳撒尼尔舅舅说道。

"什么？不可能！"皮克尔先生怒吼道，"我是受害者，不是小偷！"

"我敢肯定，如果我好好检查一下你的衣橱，肯定能找到你妻子的胸针，"纳撒尼尔舅舅说，"我怀疑她只不过是把它放错地方了。"

"太不像话了！"皮克尔先生的脸涨得发紫，"我不许你乱动我的私人物品。"

"没错，"纳撒尼尔舅舅厉声地说，"我也不会让你动我们的。"

就在这时，一群汪汪叫的白狗出现在了走廊的尽头，后面跟着满脸不快的罗文·巴克。风度翩翩的兰斯伯里夫人优雅地走在他身后大约一米远的地方。走廊上一下子挤满了人和不停叫着的狗。

"啊，简直没办法了！"塞拉抓住露西的手腕，"走吧，我们去观光车厢。"说着，她们两人从人群中挤了过去。

在兰斯伯里夫人身后，哈里森发现麦洛·埃森巴赫也走进了走廊。他脸上的表情很奇怪，眉毛扬得很高。

史蒂文·皮克尔退到一边给塞拉让路，但这位女演员却无法从兴奋的狗群中脱身，它们突然朝她吠叫并跳了起来。

"啊！"她带着哭腔喊道，"它们要咬我！"

"嘿，嘿！"哈里森冲上前去，跪在几只狗的面前，"坐下！"

五只狗立刻坐了下来，卷曲的尾巴还在身后一摇一摆的。

"乖狗狗。"哈里森拍了拍它们的脑袋，然后抬起头看着塞拉，"它们只是想表示友好。"

塞拉看上去有些犹豫，她匆匆地绕过狗群，向麦洛跑去。

男爵的儿子将手插进口袋，塞拉和露西从他身旁经过时，他朝她们点了点头。就在他把手插到口袋里的时候，哈里森看到有什么东西在他的手指间闪闪发光。

那看上去很像是件珠宝。

# 时间的发明

"好了。"纳撒尼尔舅舅说着，一手搂住了哈里森的肩膀，领着他走进了他们自己的包厢，关上了门。"你去哪儿了？"他问。

哈里森坐在沙发上，他注意到两张床铺都已经收拾整齐了。他想说实话，但又不想违背对玛琳和她爸爸的诺言。他咽了下口水，说道："没去哪儿。"

"哈！"纳撒尼尔舅舅在他的椅子上坐了下来，"没去哪儿。是啊，我年轻的时候也经常这么说。"他微微地笑了笑，但眼神看上去颇为严肃，说道："哈尔，你最好告诉我你在做什么。"

"我不能说！"哈里森脱口而出，"我发过誓。"

纳撒尼尔舅舅眨了眨眼睛，摘下眼镜，从上衣内侧口袋里掏出一块布擦了擦镜片。"不如这样，我猜一猜你去哪里了。如果我说对了，你就点头，怎么样？"他戴上眼镜，咧嘴一笑，"这样的话，你就不会违背任何承诺了。"

哈里森思考了一会儿，点了点头。

"我注意到你是从那边走进走廊的。"舅舅朝那边指了指，"也就是说，你要么在另一节车厢里，要么就是在王室车厢或是服务车厢……"他期待地看着哈里森："或者你可能是去了驾驶台？"

哈里森皱起眉头，努力不让自己露出笑容。

"如果你碰巧遇到一个好心人把你带去了驾驶台，那么你就能亲眼看到火车舀水的壮举了。"他俯身看向哈里森，淡褐色的眼睛在激动地闪光。哈里森觉得自己的眼睛也跟着闪出了光。

哈里森轻轻地点了点头。

"噢，哈尔！"纳撒尼尔舅舅深吸一口气，跳了起来，"你知道自己有多幸运吗？你经历了一些我从未经历过，而且可能永远也不会经历的事情。那个水槽本来已经彻底停用了。人们为了这趟旅程专门给那个水槽灌满了水。我当时上半身都伸到窗户外面了，就是想看它一眼！你当时就在驾驶台上吗？”

“那的确是太惊人了！”哈里森实在忍不住了，他在沙发上跳上跳下，“辛格先生还让我拉响了汽笛！”

“那是你？”

“对！乔伊还给我吃了在锅炉上做的烘豆和烤土豆。”等哈里森意识到自己已经违背了对玛琳爸爸许下的诺言时，他心里一下子泄了气，“可我答应过他们不告诉你的。”

“听着，”纳撒尼尔舅舅在他面前坐了下来，举起了自己的右手，“我，纳撒尼尔·布拉德肖，庄严宣誓，我永远不会告诉任何人你去过高地猎鹰号的驾驶台，虽然我嫉妒得不得了。”

哈里森微微一笑，说道：“谢了。”

纳撒尼尔舅舅跳回到椅子上，抓起钢笔，说道：“好了，跟我说说是怎么回事。对于我要写的文章来说，这些都是极其宝贵的细节。毕竟，我也看不到窗外发生了什么。”

哈里森感到一阵恐慌。到目前为止，他还只是打破了一半的誓言。他绝对不能出卖玛琳。于是，他转移了话题，讷讷地说道：“纳撒尼尔舅舅……嗯……我很抱歉，我没读过您写的书。”

纳撒尼尔舅舅眨了眨眼睛，说道："如果你有兴趣的话，我可以给你一本。"

"妈妈跟我讲过《龙之蒸汽》，那本书听起来还不错。"

"我去中国的旅程？"纳撒尼尔舅舅放下了手中的钢笔。

"我现在能读一读吗？"

纳撒尼尔舅舅摸了摸下巴："我们去看看图书室里有没有。"

"好主意。"哈里森一下子跳了起来。

当他们走进图书室时，站在里面的一个人被吓了一跳，把一本皮面的书掉在了地上。

"抱歉，麦洛，"纳撒尼尔舅舅说，"我们不是想要吓你。"

"没事。"麦洛捡起掉在地上的书，"我刚刚陷入了沉思。"

哈里森皱了皱眉头。十分钟前，麦洛还在回自己包厢的路上。他现在为什么在图书室里？哈里森盯着麦洛的口袋——他之前亲眼看到麦洛把一个亮闪闪的东西放了进去，但此时此刻，麦洛裤子的线条非常平整。不管那是个什么东西，它都已经不在那儿了。

"哈里森对我的作品感兴趣。"纳撒尼尔舅舅微笑地看了看哈里森。

"我听说你舅舅的书非常棒，"麦洛把书放回了书架上，"如

111

果你喜欢火车的话。"

"我喜欢。"哈里森脱口而出，他意识到自己是真的喜欢上了火车。

"好了……我想我要回包厢了。"麦洛好像自顾自地说了一句，然后便离开了。

在图书室里感受到的气氛和听到的声音都不同于火车上的其他地方。墙壁上的书吸收了车轮在铁轨上滚动的声音。车厢两侧没有窗户，柔和的光线是从车顶上的三个小天窗透进来的。房间的正中间摆着一张红木方桌，桌上摆放有一盏绿色的玻璃台灯，两把扶手椅放在了桌子的两侧。

哈里森走了过去，想去看看麦洛刚刚在看哪本书。他看到了那本书的书脊上印着的名字：《野鸭求偶的叫声》。"奇怪。"他自言自语起来。

"找到了。"纳撒尼尔舅舅把一大摞书放在了桌子上，《十三条铁路之旅中的世界历史》《通往圣彼得堡的卧铺列车》，《主教的支线》——这是我和可爱的詹姆斯·查勒纳牧师一起写的——还有《时间的发明》。"

"《龙之蒸汽》在哪儿？"

"它似乎不在这里。"纳撒尼尔舅舅看起来非常开心,"肯定是有人正在读那本书。"

哈里森拿起《时间的发明》,不禁问道:"有什么人能发明时间?"

"并不是真正意义上的发明时间。在铁路出现之前,人们不太需要知道准确的时间,"纳撒尼尔舅舅解释说,"但是,如果你要运营一条铁路,你就需要一张时刻表。你必须做到准确无误。铁路在很多方面彻底改变了这个社会,尤其是我们测量和记录时间的方式。"

哈里森眨了眨眼睛,说道:"真酷。"

纳撒尼尔舅舅面露喜色:"我的书都是关于旅行的故事,但它们也讲述了铁路是如何改变世界的。我乘坐过世界上许多特别的火车,从斯蒂芬森的火箭号①到日本的新干线……"

车厢突然颠簸了一下,哈里森身子一晃,高地猎鹰号也缓缓停了下来。"怎么回事?"他问。

纳撒尼尔舅舅瞥了一眼自己胳膊上的一只手表,说道:"十

---

① 1829年,罗伯特·斯蒂芬森设计的火箭号火车头在英国进行的铁轨行驶测试中,创造了新的行驶速度的纪录,火箭号火车头使整个世界由可移动动力代替绳索牵引发动机。——译者注

点半了。我们肯定是快到阿伯丁①了。"他走到书架里挂着的一幅不列颠群岛地图前，忽然说道："我们在这里。"只见纳撒尼尔舅舅的手指划过一条与苏格兰东海岸平行的黑线。"我们过了泰河，过了邓迪，到了海岸边上。"他看着哈里森，"火车要掉头了。我们去看看好吗？"

哈里森跟着舅舅走出了图书室，窗外是一片杂乱无章的铁轨、灰色的石头和蔓生的蓟花。

"我们到费里希尔②侧线了。"纳撒尼尔舅舅走到车厢尽头的门口，说道："走吧。"他打开车门，跳到距离车厢地板几英尺③的路面上，提醒哈里森："跳到道砟上时要小心。"

"道砟？"

"枕木周围的灰色石头碎块。"

夏日咸咸的暖风吹过哈里森的脸颊，听着脚下的碎石嘎吱作响，他露出了微笑。

"我们得快点儿才能看清楚了。"纳撒尼尔舅舅在火车旁边一路小跑。

---

① 阿伯丁为苏格兰地区的主要城市之一，为阿伯丁郡的首府。——译者注
② 费里希尔为阿伯丁郡的一个小镇。——译者注
③ 英尺为英美制长度计量单位，1 英尺≈0.3048 米。——译者注

他们小心翼翼地越过栏杆，来到一堵矮墙前坐了下来。一只鸟儿从荆棘丛和常青藤中窜了出来，大声地冲他们叫着。哈里森认出了这是一只灰背横斑林莺，他猜测它的窝一定藏在附近。

乔伊从咝咝作响的火车头上跳了下来，侧着身进到了煤水车缓冲器与后面车厢的缝隙之间。

"他正在把高地猎鹰号的车头与后面的车厢分解开。"纳撒尼尔舅舅说。

乔伊向坐在驾驶台上的玛琳爸爸挥了挥手，玛琳爸爸放出了两大团蒸汽，让火车头缓缓往前挪动了一些。乔伊大步跨过铁轨，走向铁轨旁边一根高高的铁杆。

"要变道了，"看到乔伊把身子靠在铁杆上时，纳撒尼尔舅舅说，"蒙哈吉特现在可以让火车头沿着平行轨道逆向行驶了。"

哈里森皱了皱眉头，问道："火车为什么要变道，不能沿着现在的线路一直开下去吗？"

"现在我们走的线路的铁轨并没有直接修到巴勒特。我们必须往回走，驶入另

外一条向西的线路。火车无法掉头，所以他们会把火车头移到火车的另一端去。高地猎鹰号将反着把我们拉向巴勒特。"

"我能从观光车厢里看到火车头吗？"哈里森一边问，一边看着辛格先生把猩红色的火车头倒了回去。

纳撒尼尔舅舅点了点头，回答道："蒙哈吉特会把它开到下一个道岔，然后……"

从旁边经过的高地猎鹰号火车头喷出了一大团蒸汽，尖锐的汽笛声一下子淹没了舅舅说话的声音。他们俩使劲地向火车头挥手表示回应。从他们坐着的地方看过去，哈里森才发现这些巨大的轮子几乎和自己一样高。他拿出速写本，刚把火车头外壳的轮廓勾勒出来便听到了一阵狗吠声。

兰斯伯里夫人的狗在铁道旁的灌木丛中又蹦又跳。罗文·巴克拿着一大把黑色的小袋子跟在它们后面。

"我长大了想当一名驯犬师。"哈里森一边看着维京和特拉法尔加在草丛中嬉戏打闹，一边说道。

"然后整天捡狗屎？"纳撒尼尔舅舅哈哈大笑起来，"巴克先生似乎不太喜欢做这件事情。"

高地猎鹰号火车头喷着蒸汽在铁轨上缓缓移动，最终咔嚓一声进入了另一个道岔。等车头转向完毕后，玛琳的爸爸便开始驾驶火车头慢慢地向观光车厢驶去。哈里森继续画着他的画，他画出了猩红色火车头的主体轮廓，那些金色的管道也被他一一画了出来。

"我们很快就要驶过迪伊河<sup>①</sup>河谷了。"纳撒尼尔舅舅一边说一边站到了观光车厢的缓冲器旁，看着乔伊在火车头前面一路小跑。

"它会把我们带到巴尔莫勒尔堡去吗？"

"它会停在距离那里不远的巴勒特。王室家族可不会让一条铁路从他们的后花园穿过去。"

一辆路过此地的城际快车响起了喇叭，高地猎鹰号也鸣笛作为回应。哈里森举起手中的本子，把他刚画的画和火车头比较了一下。就在这时，他看到一个毛茸茸的白色物体在观光车厢的轮子之间移动，他不禁皱起了眉头。

是贝莉。

"近一点儿……近一点儿……"乔伊大声喊着，火车头巨大的车轮正缓缓向观光车厢靠近。

哈里森吓得一下子蹦了起来。

---

① 迪伊河是发源于苏格兰东部凯恩戈姆斯山脉的一条河流。——译者注

117

## 第十三章

# 秘密的洗手间

"停!"哈里森大喊一声,
扔下速写本便往前狂奔,一边
跑还一边疯狂地挥舞手臂。

辛格先生看到了他,连忙
紧急刹车。哈里森来到观光车厢
旁,气喘吁吁地跪在地上,仔细察看了一
下车厢下面。一双惊恐的蓝眼睛正在黑暗中凝视
着他。

"过来，贝莉。来，小姑娘。"他对着那只狗叫道。

贝莉呜咽了一声，从火车底下蹦出来，径直跳到了哈里森的怀里，把他扑倒在地，然后一个劲儿地舔着他的脸。

"好了，没事了，小丫头。我找到你了。"

"狗没事吧？"纳撒尼尔舅舅手里拿着哈里森的速写本，看着贝莉想要坐在哈里森身上的样子，他笑了起来："我觉得它很喜欢你。"

"贝莉，你不能在铁轨上玩哟！"哈里森责备道，"你可能会受伤的。"纳撒尼尔舅舅向蒙哈吉特和乔伊挥了挥手，示意狗没事。罗文吹响了一声口哨，贝莉从哈里森腿上跳了起来，跑了过去。"麻烦的小伙子。"罗文不耐烦地说了一句。五只狗很快都聚集在他脚边，兴奋地摇着尾巴。他嫌弃地弯下腰，将一坨狗

屃屃拾起来装进袋子里，然后又把这个袋子扔进另一个袋子里，最后才将袋子打上结绑了起来。

"他不应该让贝莉跑到火车底下，"哈里森气呼呼地瞪着那个人低声地说，"它可能会送命的。"

纳撒尼尔舅舅把哈里森的速写本递给他。"我知道。走吧！我们回到火车上去。"他说。

哈里森跟着舅舅登上观光车厢的露台，走进了车厢里面。透过观光车厢的玻璃门看到高地猎鹰号的车头，让人觉得有些奇怪。随着一声欢快的汽笛声，一股黑烟从烟囱里喷了出来，火车头开始推着火车向后退去。

由主干线转入单线铁路的换线完成后，高地猎鹰号喷着蒸汽从一排排民居的后面开过。哈里森看到一个女孩跑到自家花园的边上，兴奋地向火车挥手。渐渐地，房屋开始变得稀疏，取而代之的是偶尔闪过的一抹绿色。又过了一会儿，窗外只剩下一片青翠的风景，而他们则悠然地行驶其间。

"我们并没有开得很快。"哈里森说着，想起了自己那天看到的迪伊河，整条河看上去就像一根穿梭在山谷间的银丝带一般。

"王室支线上有特殊的限速，"纳撒尼尔舅舅说，他坐在一把皮面扶手椅上，在一个小笔记本里胡乱地写着什么，"维多利亚女王从不喜欢时速超过三十英里。"

"我能去图书室拿那本发明时间的书吗？"

纳撒尼尔舅舅没有抬头看他，只是点了点头。

《时间的发明》仍然躺在桌上的那个位置。哈里森拿起书，抬头瞥了一眼远处的车门，心里盘算着能否就此离开，抓紧时间到王室车厢那儿走一圈。

"嘿！"

哈里森吓了一跳。他环顾四周，心怦怦直跳。图书室里明明空无一人。

"嘿！"

"玛琳？是你吗？"他低声问道，"你在哪儿？"

"到历史书这里来。"

哈里森发现有一个角落里全是关于都铎王朝①的书，于是他便朝那里走了过去。从书架旁经过时，他伸出手指拂过一本又

---

① 都铎王朝是亨利七世在 1485 年入主英格兰、威尔士和爱尔兰后所开创的一个封建王朝。——译者注

一本书的皮面书脊。书架上有一本书《都铎胡子税》放得稍稍有些靠外。他本能地拉了一下这本书，咔嗒一声，整个书柜向他移动了过来。他发现装饰成书柜的小巧的暗门后面藏着一个狭小的隔间，隔间的墙上还有一幅由红色和金色叶子花组成的壁画装饰。玛琳正坐在里面笑嘻嘻地望着他。

"你是坐在一个马桶上吗？"

"嘘，"她一把抓住哈里森，把他拖进隔间，并随手关上了暗门。"这里可不普通，"她说，"这里是女王的洗手间！"

"女王有一个秘密的洗手间？"

"女王不会和别人共用一个洗手间，"玛琳答道，"只有她可以在这个洗手间里……你懂的。而当她使用洗手间的时候，任何人都不准进入图书室。"

"我猜她肯定会在洗手间里看书。"哈里森咯咯地笑着说，"听着，我正要去找你。我有事要告诉你。"

"我也是。"玛琳的身子往前倾了倾，"我知道'喜鹊'是谁了。"

"什么？不可能吧！"

玛琳扬起了鼻子。"是麦洛·埃森巴赫。"她说。

哈里森倒吸了一口气，问道："你怎么知道的？"

"我想出来的。麦洛是男爵最小的儿子，"玛琳扬起了眉毛，"等他爸爸去世以后，他一分钱也继承不到。在贵族家庭中，长子拥有一切，其他人则一无所有。"

"这似乎不怎么公平。"

"除了你和我之外，这列火车上的人要么很富有，要么就是受雇来工作的。他们没有理由去偷珠宝——他们自己就有很多珠宝。但麦洛·埃森巴赫有犯罪的动机。他看上去很有钱，但事实并非如此。"

哈里森点了点头说道："而且正因为他是男爵的儿子，他周围的人肯定都会佩戴昂贵的珠宝。"

玛琳微微一笑，说道："所以他也有犯罪的机会……而且，他不喜欢火车。他爸爸对蒸汽火车非常着迷，但艾米说，男爵每次说起这些火车时，麦洛都没什么兴趣。既然如此，那么他为什么要待在这儿呢？"

"为了偷珠宝！"哈里森兴奋地抓住了玛琳的胳膊，"我之前看到他手里拿了个闪闪发光的东西，他把它藏在了自己的口袋里，然后假装要回包厢，但十分钟后，他又出现在了图书室。

纳撒尼尔舅舅和我的出现把他吓了一跳，他吓得把手上的书都掉在地上了，一看就是做贼心虚。"

"是本什么书？说不定是条线索。"

哈里森摇了摇头："我就记得是一本关于鸭子的怪书。"

"噢。"玛琳看上去有些泄气。

"我们该怎么办？告诉警察？"

"我们不能就这样指控他。谁会相信两个孩子的话呢？再说了，我还是火车上的逃票者，可别忘了这件事！我们需要证据。"她皱了皱眉头，"昨晚还有什么东西不见了吗？"

"据我所知没有了。"哈里森摇了摇头，一个令人不安的想法忽然钻进了他的脑海，"玛琳，如果麦洛·埃森巴赫搭乘高地猎鹰号不是为了偷胸针或耳环之类的小东西呢？"

"你什么意思？"

"如果我是一个臭名昭著的珠宝大盗，我肯定会想从世界上最富有的人那里偷一样价值连城的东西……"

"王子和王妃！"玛琳张大了嘴巴，一把抓住了他，"我知道麦洛要偷什么了！他要偷王子送给妻子作为结婚礼物的项链。那条项链本身就是王室藏品，上面挂着的还是世界上最大、最完美无瑕的钻石——阿特拉斯钻石。据说那颗钻石有一个小鸡蛋那么大。报纸上都说它是一件无价之宝。"

"鸡蛋那么大？"哈里森想象了一下，"你是怎么知道的？"

"大家都知道！所有报纸的头版上都登过它的照片。一颗镶满了小钻石的项链上面挂着一颗巨大的钻石。她在婚礼上也戴过。那就是麦洛想要偷的东西——我知道了！"

哈里森感到一阵急迫："我们必须阻止他！"

"或者——"玛琳咬着嘴唇说，"我们可以在他作案的时候把他抓住。这样我们就有了证据，既能把他送进监狱，也可以领取奖赏。"

哈里森皱了皱眉头："可我们不知道他准备什么时候动手，也不知道他打算怎么偷。"

"你好好想想。他肯定要等到见过了王子和王妃才会下手偷项链。从他在巴尔莫勒尔堡和王子殿下打过招呼之后，我们就必须死死地盯住他。"

"你说我们……"

"好吧，显然我去不了巴尔莫勒尔堡。你必须这么做。"

哈里森点了点头说："我们在城堡里的时候，你可以去搜一下他的包厢。"

"我试试看，"玛琳咬着下嘴唇说，"但王室成员上火车之前，肯定会有安全排查。火车上所有的工作人员都必须下车。"

"噢，不！你不会被抓住吗？"

"当火车在巴勒特进站时，我要在它完全停下来之前先跳下车去。爸爸说我得告诉站长哈罗德我偷偷溜上了火车。"玛琳笑了笑，"他是我爸爸的同学。火车准备出发之前，我会和他待在一起。"

"如果要进行安全排查，他们难道不会找到失窃的珠宝吗？"

"除非他们就是来找珠宝的，但他们不是。他们只会检查车上有没有炸弹之类的东西。大部分列车上的工作人员都觉得兰斯伯里夫人有些疯疯癫癫，而且她有那么多珠宝，很可能她自己都不知道到底丢了什么。至于莉迪亚·皮克尔，她的胸针很可能只是掉在哪里了，迟早会出现的。"

"如果我是麦洛，我可不会冒险把珠宝留在火车上，"哈里森说，"我会随身携带。"

"有道理。检查一下他的口袋。"

"我怎么可能检查他的口袋呢？"

可玛琳还没来得及回答，他们就听到莉迪亚·皮克尔用嘶哑的声音打了个招呼。玛琳连忙把一根手指放在了嘴唇上。

"我只是想跟你说——私下里说——我相信你。我知道你绝对不会偷我的东西。"

"什么？"哈里森听出了门外塞拉·奈特甜美的声音。

"你知道的，因为《热点故事》杂志上讲过——你是怎么从一个坏女孩变成了一个好女孩。"

"我当时还是个孩子，"塞拉结结巴巴地说，"我从来不会偷……"

"噢，我知道。我就是想让你知道——既然我们是朋友——我从来没有想过你会偷我的东西。史蒂文觉得是那个男孩，但我觉得肯定是哪个女服务员捡到并藏了起来。"

"噢，没错。谢了。谢谢你没有提起……我的过去。"

"我会为你保密的。"

"我……要回包厢换衣服了。"

"我送你回去。"

"噢，不麻烦你了。"

"我想送送你。"

她们的声音渐渐远去。

哈里森对着玛琳比画了一个嘴形："塞拉？"

玛琳摇了摇头。"代价太大，"她低声说，"就是麦洛。"她看了看表，把耳朵贴在门上。"你该走了——我们马上就要到巴勒特了。"她把哈里森推进了空无一人的图书室，"记住：死死地盯着他。"她说。

哈里森晃晃悠悠地走进自己的包厢时，正好听到火车响起了一声汽笛声，这是他们即将抵达巴勒特的信号。他抓起那几件光鲜亮丽的衣服穿在身上，然后把坠着圣克里斯托弗像章的项链塞进了衬衫里。妈妈要是看到他穿成这样肯定会哈哈大笑。他要让艾萨克帮他拍张照片带回去给她看。

当火车缓缓驶进车站时，高地猎鹰号的刹车发出咝咝的响声。哈里森把头探出窗外。古朴典雅的白色调的车站旁边，一小群人正扒在栅栏上注视着火车。在站台的另一头，他看见玛琳的爸爸跳下火车跟站长握了握手。

纳撒尼尔舅舅拍了拍他的肩膀，说道："噢，很好，你已经穿戴整齐了。过来，我帮你重新打一下领结。好了。把你的夹克拿上，外面有点儿冷。"

巴勒特与国王十字车站所在的伦敦完全是两种不同的风格，这座小镇被群山环绕着。一阵冷冽的风推着哈里森沿着站台往前走。他快步向前，紧跟在麦洛身边。麦洛和塞拉、露西走在一起，他的双手插在灰色外套的口袋里。

"说实话，露西，皮克尔家的那个女人真叫人受不了，"塞拉嘟囔道，"她就是不肯让我一个人待着。"

"我喜欢她，"露西回应说，"她这个人表里如一，难得的诚实。"

麦洛什么也没有说。哈里森跟着他们三个人穿过车站大楼来到了街上，那里停着四辆黑色捷豹轿车，车窗贴着膜。哈里森愣住了。

"这是来接我们的？"他问。

麦洛点了点头，回答道："我想是的。"

哈里森对他笑了笑，准备跟这名嫌疑犯上同一辆车。但是纳撒尼尔舅舅把他叫了回去，让他和艾萨克、欧内斯特坐一辆车。

哈里森爬进轿车，坐在了后排的正中间。他身体微微前倾，眼睛紧紧地盯着前面的车。

# 第十四章

# 向巴尔莫勒尔致敬

巴尔莫勒尔堡的石墙立在高耸的冷杉后面。黑色车队悄无声息地沿着弯曲的车道向城堡驶去。哈里森觉得自己仿佛置身于电影之中。

"这里看起来就像卡默洛特宫殿①一样，"他说，"但它是真的。"

"童话般的建筑。"纳撒尼尔舅舅也表示同意。

几辆汽车一字排开，整整齐齐地停了下来。司机们下了车，

———————————
① 卡默洛特宫殿是英国传说中亚瑟王所住的宫殿。——译者注

130

像舞台上整齐起舞的演员一样，动作一致地为他们打开车门。

哈里森看到塞拉从最前面的车里伸出双腿，优雅地走了出来。她穿着一条翠绿色的铅笔裙和一件毛皮镶边夹克。露西·梅多斯随后出来，麦洛是最后一个出来的。

"你在等什么呢，哈里森？"纳撒尼尔舅舅责备道，"我们现在可是要去见王子和王妃呢！"

兰斯伯里夫人坚持要把她的狗全都带来。她下了车，完全不顾司机伸出的手，大步朝男爵走去。在她身后，罗文吃力地牵着几只狗。它们显然很高兴能再次来到室外，一个个又叫又跳，拽得罗文东倒西歪。哈里森笑了，他很好奇它们是不是闻到了兔子的气味。

"苏格兰高地真是壮观。"男爵一边对兰斯伯里夫人感叹地说，一边深深地吸了一口新鲜空气。

兰斯伯里夫人扬着眉毛点了点头，说道："确实。"

哈里森看到麦洛被撇在了这群人之外。艾萨克刚刚把长镜头拧到照相机上，正准备开始拍照。塞拉对着他俏皮地噘起了嘴巴。

城堡的门廊处，两扇巨大的木门缓缓打开，两排穿着黑白制服的侍从鱼贯而出，用无声的鞠躬和屈膝礼来迎接到访的客人。哈里森不知道应该如何回应。从他们身边走过时，他只觉得自己的心里一阵紧张。王子和王妃站在门口。王子衣冠楚楚，他穿着西服，系着领带，双手背在身后，脸上挂着灿烂的笑容。站在他身旁的正是他的妻子，她穿着一件象牙色的小洋装和一件绣着花朵的橘红色短上衣。

太阳在云层中找到了一条缝隙，耀眼的光芒从天空中倾泻而下，照得王妃脖子上那颗大大的钻石熠熠生辉。

哈里森倒吸了一口气，这就是玛琳说的那条项链。他望了一眼麦洛，发现他也正在盯着项链。

塞拉张开双臂向王妃冲了过去，那些繁文缛节早就被她抛在了脑后。两个女人像姐妹一样互相问候、尖叫、拥抱，然后塞拉退后一步，行了一个漂漂亮亮的屈膝礼。站在一旁的王子哈哈大笑起来。

"不！贝莉！"罗文大喊一声，"过来！孩子，过来！"贝莉的牵引绳从他手中脱离，他打了个趔趄。

当贝莉向塞拉扑过去时，塞拉大喊起来："救命！它又要咬我了！"

　　罗文连忙追过去抓住了贝莉的牵引绳。可就在这时，另外几只狗全都挣脱了他的束缚，一哄而上，拖着各自的牵引绳朝塞拉奔去。

　　"罗文！"兰斯伯里夫人厉声大喊，"把狗牵好！"

塞拉失声尖叫，但没等狗过来，王妃就迎着狗挡在前面，张开双臂蹲了下来。几只狗叫着扑向王妃，在她的身边跳来跳去。当它们争相扑上去舔她的脸时，她开心地笑了，闭上了眼睛。

　　"维京、贝莉、菲茨罗伊，退下！"兰斯伯里夫人冲到王妃面前。"噢，殿下，我真是太抱歉了。罗文，"她怒视着自己的侍从，"马上给我过来！"

　　哈里森本想帮忙牵住几只狗，但他刚刚看见麦洛溜进了门廊，所以他只能看着兰斯伯里夫人伸手护住王妃，挡住几只狗，甚至还用手里的包拍打它们的鼻子。

　　"顽皮的特拉法尔加！我很抱歉，殿下，它们在火车上困了一整天了。退下，香农！"

　　"我不介意！"当狗把鼻子伸向王妃的脖子时，她笑着说道。"我妻子很喜欢狗。"王子则自豪地向大家解释。

　　趁大家都分神的时候，哈里森偷偷地向嫌疑犯走去，并尽可能不让他发现自己。他看见麦洛站在门廊的阴影里，弯着腰，检查着他手里的什么东西。哈里森慢慢走近，想看看麦洛在看什么。可突然传来一声叫喊，哈里森转过身来，看见菲茨罗伊向他们跑过来，罗文大喊大叫地在后面追着。等他再回过身时，正好看见麦洛把一张纸条塞进了外套的口袋里。

"坐下，菲茨罗伊。"哈里森说。那只狗很听话地坐了下来。

"抓到你了！"罗文抓住菲茨罗伊的牵引绳，粗暴地把狗拽走了。菲茨罗伊发出一阵哀鸣。哈里森怒视着这个男人。

"我很喜欢萨摩耶犬，"王妃对兰斯伯里夫人说，她挠了挠香农的耳后。"它们看起来总是在微笑。"她转向王子，"我小的时候也养过一只，叫作萨米，我很爱它。"

"它们平时表现很好的，"兰斯伯里夫人一边说着，一边用戴着手套的手遮住了眼睛，"我也不知道它们是怎么了。我真的非常抱歉。"

"没关系。"王子说着走上前去，把胳膊伸给了妻子。

"不，有关系。"兰斯伯里夫人举起手表示反对，"罗文，马上把我的宝贝们带回火车上去。你可以牵着它们走回车站。它们正好需要活动一下。"

罗文的脸颊一下子红了，说道："可那需要一个多小时……"

"还有，你给我挑的这个手提包，"兰斯伯里夫人拿出了手提包，"完全不对。我参加午宴的时候用不着它了。"她一把将

135

手提包拍在了他的胸口上。"等我们回伦敦后，"她补充道，"我要好好地再看一看你的雇佣合同。"

哈里森看着罗文一只手握着五根牵引绳，另一只手拿着手提包，拖着几只狗沿着车道离开了。几只狗还在吠叫，使劲地拽着牵引绳，似乎很想再回到王妃身边。

"我们可以进去了吗？"王子指了指城堡。

"殿下，"纳撒尼尔舅舅低下头，"我叫纳撒尼尔·布拉德肖，这是我的外甥哈里森·贝克。"

"布拉德肖先生，"王子伸出手来，"很高兴见到你。我爸爸非常喜欢铁路。我们所有的图书馆里都有你的书。"

"搭乘高地猎鹰号的感觉很棒吧？"王妃对哈里森说，"我等不及要上火车了。"

哈里森点了点头。他发现自己不仅紧张得说不出话来，还一直情不自禁地盯着挂在她脖子上的钻石。

纳撒尼尔舅舅用手肘轻轻地碰了碰他，提醒道："与王子握手，哈里森。"

王子笑了笑："我要是说错了，你可以纠正我，贝克少爷，可你的衣服看起来很眼熟。"

哈里森红着脸与王子握了握手。

王子眨了眨眼睛笑着说："穿着它们肯定很痒。"

纳撒尼尔舅舅领着他穿过门廊时，哈里森仍旧惊讶地张着嘴巴。他回头望了一眼，看到王子主动与欧内斯特·怀特握了握手，然后像朋友一样拥抱了他。

"天哪，她戴着阿特拉斯钻石！"莉迪亚·皮克尔靠近她丈夫耳边说，"那条项链真是件宝贝。"

"别想了，"史蒂文·皮克尔咕哝道，"光是给那块石头投保的费用就足以让我得心脏病了。"

哈里森往前望了望，寻找着麦洛的身影，可他惊恐地发现自己找不到他了。他弯下腰，扫视着门廊，可周围都没有麦洛的踪影。他暗暗责备自己刚刚不该分心，玛琳肯定会不高兴的。

城堡的管家是一位慈眉善目的女人，一头灰色的鬈发被整齐地别在脑后。她把大家领进了一间很大的木质装潢房间，房间内的地板上铺着格子呢的地毯，墙上挂着几个镶嵌在盾牌上的牡鹿头。皮克尔先生站在房间中央，大声地估算着每样东西的价值。侍从拿着托盘给大家分发饮料。塞拉斜倚在躺椅上，露西坐在旁边的矮凳上。男爵站在一幅国王爱德华七世的画像前，可麦洛·埃森巴赫却依然不见踪影。

"这位年轻的先生想要来一杯橙汁吗？"

哈里森朝着管家点了点头："嗯，谢谢。"

她转向纳撒尼尔舅舅。"我是格拉迪斯，先生。"她点了点头说，"考虑到午餐的场合非常正式，我们想您外甥可能更愿意和其他孩子一起在厨房里吃饭吧？"

"好主意，你觉得呢？"纳撒尼尔舅舅看了看哈里森。

"额……额……"哈里森拼命想找个理由留下来——如果麦洛回来了，自己必须盯着他，"但我喜欢大人。"

纳撒尼尔舅舅哈哈大笑起来。"当然了。格拉迪斯，我外甥很有礼貌。他喜欢和同龄人待在一起。自打我们离开国王十字车站后，他就一直想找个人一起玩，但很遗憾的是，车上没有其他孩子。"他看着哈里森说，"去好好玩吧！"

"可是……"

哈里森还没来得及表示反对，格拉迪斯便紧紧地抓住他的手，带着他走出了房间。

# 第十五章

# 楼梯之下

　　哈里森走下一段狭窄的石阶，闻到了一阵暖烘烘的烤面包的香味。格拉迪斯把他领进了一间蒸汽缭绕的厨房，厨房的一面墙上立着一套炉子，铜制和银制的锅碗瓢盆挂在从天花板上垂下来的挂钩上。房间中央摆放有一张巨大的橡木桌子，旁边有四把椅子。一个看起来和哈里森年纪差不多大的胖男孩正准备把勺子放进铁架上冒着泡泡的锅里。

　　"伊万，"格拉迪斯厉声说道，"离那儿远一点儿。它很烫！"

"我饿了。"伊万抱怨着，转过身来，看见了哈里森，"他是谁？"

"这位是哈里森·贝克。他今天要和我们一起吃午饭。"格拉迪斯指着厨房尽头的两个大水池，"你可以到那儿去洗手，哈里森。伊万，过来坐好！让你一个人待一秒钟都不行。"

"领结不错。"伊万轻蔑地哼了一声。

就在这时，一个小女孩哭着跑了进来。她粉红色的绸缎裙子上溅满了泥浆，胡萝卜色的马尾辫也凌乱不堪。

"梅利，你怎么了？"格拉迪斯抓起一块布冲到了女孩身边。

"噢，格拉迪斯！"梅利抽泣着，"我经过花园的时候，一群白狗袭击了我。"

"袭击了你？"格拉迪斯目瞪口呆地说，"它们伤害你了吗？它们咬你了？"她让女孩转了一圈，检查她有没有受伤。

梅利抽了抽鼻子，说道："它们把我撞倒了，还舔我！"

"它们不是要伤害你，"哈里森一边擦手一边说，"它们都是很友好的狗，也还都只是小狗，真的。"

梅利皱起眉头看着他，问道："它们是你的狗吗？"

"不是。"哈里森拉出桌边的一把椅子，说道："它们是兰斯伯里夫人的狗，不过我在高地猎鹰号上见过它们。"

"梅利，"格拉迪斯语气严肃地按住了女孩的肩膀，"我闻到的这是什么味道？你又到王妃的房间里去了吗？"

"没有。"梅利的蓝眼睛睁得大大的，显然她在撒谎。

"我跟你说过多少次不要动她的东西了？"

梅利的下嘴唇微微地颤抖着："我只喷了一点点她的香水。"

"如果我再发现你未经允许就进了她的房间，"格拉迪斯把梅利领到桌子边，严厉地说道，"我就告诉你妈妈。"

"这么说，你坐过高地猎鹰号？"伊万一边转过身对哈里森说，一边从桌子中间的篮子里抓了一个面包卷。

哈里森激动地点了点头："那真是最不可思议的火车……"

"只有怪胎才喜欢火车。"伊万语气冷淡地打断了他。

"如果你见过王室专列，你就不会这么说了。"格拉迪斯把一盘砂锅菜端到了桌子上，略带责备地说，"那列火车非常漂亮。"她拿起了勺子，接着问道："好了，谁想尝尝库克做的香肠苹果砂锅菜配土豆泥？"

他们都点了点头，于是格拉迪斯开始给他们盛菜。

"伊万，你可以照顾一下哈里森吗？"格拉迪斯用毛巾擦了手，"我得赶紧去楼上帮忙准备午餐。"

伊万大声打了个饱嗝，对着哈里森恶作剧地咧嘴一笑。"好的，格拉迪斯。"他显得很亲昵地说道。

"我不会去太久的。"她匆匆走出厨房时，又回头喊了一句，"冰箱里还有松饼可以当作甜点。"

房间里一阵尴尬的沉默。然后，伊万开始大声地吃起了砂锅菜。梅利厌恶地望着他。

"住在一座城堡里肯定感觉很酷。"哈里森说。

"是的。"伊万回应道,"我爸爸是总管家,他是这里的老大。在这里我想去哪儿就去哪儿,没人可以指挥我。"

"他才不是老大。"梅利嘲笑地说道。

"在这里,我知道一些就连我爸爸都不知道的地方。"伊万说,"我有一张秘密通道的地图。我有时会暗中监视女王。"

"不,你没有!"梅利翻了个白眼,扭头看着哈里森,"我妈妈是一名侍女。没有人监视女王,也没有什么秘密通道。"

"有的。"

"你能带我去看看吗?"哈里森说着,突然想到了一个主意,"我想去看看。"

但伊万完全无视哈里森。"谁要吃松饼?"他问,然后把椅子从桌子旁边挪开,径直走到冰箱前面,取出一个甜品碗。接着,他把碗拿到桌上,用勺子给自己舀了一大份果冻。

"说真的,如果你说的是真的,那你想去哪儿就可以去哪儿了,"哈里森抓住机会继续说,"你不想证明一下吗?"

"要是我不愿意呢?"伊万嘴里塞满了果冻。

哈里森笑了笑。"那我就知道你是在胡说八道了。"他交叉着双臂说道。

"那你跟我来，"伊万推开椅子，"我让你亲眼看看。"

哈里森跟着伊万上了楼。他们沿着一条走廊往前走，旁边的墙上挂满了绘有苏格兰山脉的画，哈里森依稀听到了低声交谈的声音和瓷器碰撞的叮当声。他想偷偷看一眼大人们吃午饭的样子。同时，他也必须搞清楚麦洛有没有和他们在一起。但在他们到达餐厅之前，一个穿着光鲜的侍者从门口走了出来，对着他们举起了一只手。

"伊万，"他严厉地说，"你在这里做什么？"

"埃里克，"伊万答道，"我带哈里森参观一下。"

埃里克满脸怀疑地看了伊万一眼，说道："是啊，不然你还能干什么呢？我们都知道你喜欢给自己找麻烦。"

"哈里森说他想参观一下城堡，看在他是客人的分儿上，我就带他四处看看。"伊万的脸上露出了一副天真无邪的表情。

"好，去另一个方向继续你们的探索吧，"埃里克捻了捻戴着白手套的手指，"我可不会让你们靠近王室宴会半步。"

"好的。"伊万一边回答，一边转过了身。"走吧，"他对哈里森说，"我们往这边走。"

他们穿过一扇门，走进了一个房间。从这个房间望出去，可以看到一个用长条形绿篱围成的花园。

"我还以为你想去哪儿就可以去哪儿。"哈里森笑了。

"闭嘴。"

"好了，你说的密道在哪儿呢？"

"这里就有一个。"伊万拖着一把高背椅子走到了窗前，"来看看。"

哈里森满心好奇地跟了过去。

"站到椅子上，用你的手沿着窗户顶部划拉一下。"伊万说。

哈里森爬了上去，他不得不踮起脚尖才能够到窗户的顶部。

"那里有一个手柄，"伊万说，"你能摸到吗？"

哈里森尽可能站直身子，把手伸得高高的，用指尖在木框上摸索，但他什么也没有找到。突然，他听到喱嘟一声，紧接着感到背后有人把自己狠狠地推了一下。他往前一栽，从开着的窗户摔了出去，脸朝下摔在了冰冷潮湿的泥地里。他赶紧吐出嘴巴里的泥。这时，从上面突然传来很大的声响。哈里森抬头看时，发现伊万已经关上了窗户，正在笑着朝他挥手。

哈里森站起身来，努力装出一副就算被人推出窗外也没什么大不了的样子。他把手插在口袋里，忍着疼痛，尽量自然地走开了。他的膝盖被打湿了，上面还沾满了泥。自打他穿上这身令人发痒的衣服以来，这是他第一次庆幸自己穿的是这套衣服。他缩起下巴，用双臂抱住自己不住发抖的身体。外面的风很冷。哈里森匆匆转过拐角，寻找进入城堡的道路。一阵风吹来，他听到了皮克尔先生夸张而低沉的声音，还有塞拉清脆的笑声。在前面有一扇透出黄光的窗户。似乎是因为窗户内侧的玻璃上有水汽凝结，所以有人打开了顶部的窗户。

哈里森蹑手蹑脚地爬上挨着窗户的石阶，向窗户里面张望着。这间屋子并不像他想象的那么华丽。他看见了一个花岗岩壁炉，壁炉上方有一面巨大的镜子，镜子顶部径直伸向一处齿轮状的檐口。王子坐在椭圆形餐桌的一端，夹在兰斯伯里夫人和莉迪亚·皮克尔的中间。王妃在餐桌的另一端，坐在纳撒尼尔舅舅和麦洛·埃森巴赫之间。看到阿特拉斯钻石还挂在王妃的脖子上，哈里森松了一口气。不过，麦洛竟然能找到一个紧挨着钻石的位置，这还是让他有些担心。

他掏出速写本，画出了餐桌的布局，在每个人坐的地方做了标记。

一个穿着黑色衣服的男人站在一个红木橱柜旁边，打量着房间，沉默却咄咄逼人地对侍者们比画着手势。哈里森猜他可能是伊万的爸爸，这个人看上去和他的儿子一样令人讨厌。不过哈里森很快意识到，在他的监视下没有人能偷走王妃的项链。

"这就是这些旧城堡和乡间别墅的问题所在，"史蒂文·皮克尔对男爵说，"运营成本太高了，需要维修工和各种侍者，我甚至都不想考虑保险的问题。天哪！"

坐在一张王室餐桌旁，欧内斯特·怀特似乎不是很舒服，他一直想要帮一下边上的侍者。在桌子的另一端，王妃正在跟麦洛开玩笑，说他是个单身汉。

"你不可能永远不结婚。"

"我也一直这么跟他说。"塞拉咯咯地笑着说。

麦洛尴尬地笑了笑。哈里森盯着麦洛的脸，翻开速写本，画出了麦洛仿佛在咆哮的嘴唇，还有额头上挤压着眼睛的那些皱纹——他看上去完全就是一名罪犯的样子。

与此同时，兰斯伯里夫人正在和王子谈论马匹的事情，王子一边听一边点头。但哈里森注意到王子的眼睛每隔几秒钟就会瞟一下桌子的另一端，看一眼他美丽的妻子。

哈里森又翻了一页，他的笔在纸上飞快地画来画去，勾勒出了兰斯伯里夫人的侧影和王子心烦意乱的脸庞——他根据人物神态捕捉到的图画似乎比眼前真实的场面更让人印象深刻。

突然，他感到后脑勺一阵疼。哈里森环顾四周，想弄清楚是什么弄疼了他，是黄蜂还是蜜蜂？可就在这时，他感到手腕

上被什么东西打了一下，接着是感到脸颊上一阵火辣辣的疼。

他看到地上有一些纸团。纸团接连打在他的身上。他身子往后一缩，背靠在墙上，抬起了头。上面有一座小塔楼，他看到伊万正拿着一根稻草从窗口探出头来。

"呆子！"他低声骂道。

哈里森一边低声咒骂着伊万，一边跳上小路，淋着雨跑开了。他的手腕上出现了一个红色的印记，那正是伊万用他的"小子弹"打的。雨越下越大，他把速写本塞进外套的口袋，开始全力奔跑。他接连拐了三个弯，终于在不远处看到了他们进入巴尔莫勒尔堡时经过的那个门廊。

哈里森提起门上的铁环，发现门廊是开着的。他走了进去，抖了抖身子。他全身都湿透了，膝盖和小腿上都是泥。一滴雨珠从他的鼻尖上滴了下来。他四处寻找可以用来当作毛巾的东西，终于，他找到了——麦洛·埃森巴赫的灰色羊毛外套，哈里森看到他把那张神秘的纸条塞进口袋时，他穿着的正是这件外套。

它现在就挂在哈里森前面墙上的衣架上。

# 秘密与烤饼

翻别人的口袋是不对的，可偷珠宝也一样。如果胸针和耳环就在这几个口袋里呢？哈里森深吸一口气，双手插进了麦洛外套的口袋里。他左手抽出一包纸巾，右手则抓到了一个皱巴巴的纸条。他展开纸条——

人们开始起疑心了——你必须更加小心，否则我们会被抓住的。就按计划来。只要你保持冷静，别被人发现，我们就能得到我们想要的一切。一旦我们在伦敦安全地下了火车，就没人能阻止我们了。


看来麦洛还有一个同伙！哈里森拿出速写本，急急忙忙把纸条上的内容抄了下来，准备之后带去给玛琳看。"喜鹊"不是一个人，而是两个人！一个人悲伤，两个人快乐……①

"你在干什么？"

"啊！"哈里森大叫一声，转身时把笔掉在了地上。

梅利正站在一米开外看着他。

"你悄悄靠近我干什么？你把我吓得半死！"他叫了起来。

"我来找你。我觉得伊万可能又要耍他那套讨厌的把戏了。"

"确实是的。"哈里森说着，弯腰捡起了笔。"他把我推出了窗户，还用纸团做的子弹打我。"他指了指手腕上发红的地方，"我现在浑身是泥，成了落汤鸡。"

"还有可能会更糟呢！"梅利微微一笑说，"他把我表妹锁在了猪棚里。猪以为她是食物。"她走向哈里森，想看看他的速写本，嘴里问道："你翻那件外套的口袋干什么？"

"我不能告诉你，"他说着合上了速写本，"你太小了。"

---

① 出自一首关于数字的英国童谣。——译者注

"我七岁半了。"她得意地仰起头,"不过你好像在偷东西。"

"我没有!听着,如果我告诉你了,你不可以告诉其他任何人。"

梅利点了点头:"我保证。"

"我在做调查工作,"哈里森把纸条重新揉成一团,放回了麦洛的外套口袋里,"非常重要而且秘密的案件调查工作。"

"调查什么?"她突然靠了过来,几乎都要踩到他的脚趾了,"你可以相信我,侍女们必须善于保守秘密。"

"侍女?"

"我长大了以后要当侍女,就像我妈妈一样。"

"好,"哈里森微微一笑,"你肯定会干得非常出色。"

"你人很好。"梅利微笑着说,"如果你愿意,我可以帮你调查。案件是什么?"

"案件暂时还没有发生,但我们认为火车上有一名乘客计划要偷王妃的钻石项链。"

"阿特拉斯钻石?"梅利摇了摇头,她的马尾辫在脑后甩来甩去,"那是不可能的。王妃戴着项链的时候,有一名守卫会全程盯着项链。他叫哈德良,他就像一个巨人。"

"那她把它取下来的时候呢？"

"她会把它放在一个带有数字锁的特制金属盒子里，然后把盒子交给哈德良，而他则会把盒子铐在自己的手腕上……"

"你在这儿呀！"格拉迪斯一边大喊，一边拍着手向他们冲了过来。"该把你送回火车了，年轻人。谢谢你，梅利，谢谢你！"她疑惑地看着哈里森的裤子，"……照顾我们的客人。"

"不客气。再见，哈里森。"梅利抱了抱他，低声说，"我希望你能破案。"

哈里森也抱了抱她："再见，梅利……还有，谢谢你。"

"你到底在忙什么？"当纳撒尼尔舅舅见到他时惊讶地说，"你看起来就像一只老鼠在河马最喜欢的泥水坑里游了一趟泳，还差点儿把自己淹死。"

"额，好吧，您看，额……"

"你没去哪儿，也没做什么？"

哈里森咧嘴一笑，说道："算是吧。"

"等我们上了火车，你再跟我说。"

哈里森感激地朝舅舅点了点头，向门口走去，但舅舅把手放在了他的肩膀上，"我们要按照社会地位的高低顺序离开这里。"舅舅说道。

"什么意思?"

"我们最后走,因为我们没有爵位。我们是无名之辈,记得吗?"纳撒尼尔舅舅挑了挑眉毛说。

王子和王妃率先走出大门,跟在他们身后的兰斯伯里夫人挽着男爵的胳膊,再后面便是麦洛·埃森巴赫。黑色的小轿车早已在碎石路上排成了一列。现在一共有六辆车了。站在王子车旁的是一个彪形大汉,哈里森还从来没有见过块头像他这么大的人。他有着野牛一般的厚实肩膀,个子比其他人高出了大概一个头。"这应该就是哈德良。"哈里森在心里说。

在他们离开之后,显然有志愿者在为王室的出行做准备——巴勒特车站被装饰了一番。高地猎鹰号的车厢已经排好了正确的顺序——锃亮发光的火车头在最前面,随时准备把后面的车厢带到阿伯丁。人们站在外面的马路上,挥舞着英国国旗。

"哇哦!"哈里森凝视着汽车外一张张快乐的脸庞惊呼道。

"这是博物馆重新开放以来第一次使用这条支线。"纳撒尼尔舅舅说,"这个车站几年前不幸被烧毁了,所以今天真的是一个值得庆祝的日子。"

他们的车在红毯旁边停了下来。他们前脚刚下车，人群便欢呼了起来。哈里森真希望没有人会注意到他那沾满泥巴的裤子。

王子和王妃在最后一辆汽车里。就在哈里森登上火车时，身后的人群开始沸腾起来了。

"我应该留下来看看，但你该去换件衣服了。"纳撒尼尔舅舅说。与此同时，王子正在与一位老人握手，一个小女孩拿着准备送给王妃的花束跌跌撞撞地走上前来。

刚一迈进他们的包厢，哈里森便如释重负。他迅速换上了牛仔裤和妈妈给他织的双色条纹套头衫。当他坐在地板上穿运动鞋时，他发现其中一只鞋子里有一张纸条。

他拿出速写本，把纸条塞了进去。纸条是玛琳写的。

纳撒尼尔舅舅走进包厢，坐在了沙发上。"我真不知道他们是怎么做到的，总是面带微笑，而且还是在吃了那么丰盛的一顿午餐之后。我感觉我几天都不用吃东西了。"他说。

哈里森抬起头，问道："舅舅，伯斯莫尔①车站在哪儿？"

_____

① 伯斯莫尔为阿伯丁郡的一个小镇。——译者注

"再过几站就到了，"舅舅舒舒服服地坐在沙发上答道，"大约半个小时的路程。不过我们不会在那里停车。王子和王妃现在都上了车，火车会在每个车站减速慢行，这样他们就可以向人群挥手了。"

"您介意我点几份烤饼吗？"

"格拉迪斯没有给你吃东西吗？"

"给了……我，额，我可能再过半个小时就又饿了。"

"点吧。"纳撒尼尔舅舅惊讶地摇了摇头，"你肯定是个大胃王。"他闭上眼睛。"我要好好整理一下思绪，一会儿我可能要把今天的活动写下来。"他的呼吸变得沉重起来，"跟戈登说说裤子的事情，好吗？"一分钟后，纳撒尼尔舅舅便开始打鼾了。

哈里森按下了对讲机的按钮。

"我有什么可为您效劳的？"艾米的声音从扬声器里传了出来。

"我想在伯斯莫尔车站吃烤饼。"哈里森低声地说，"我是哈里森——哈里森·贝克。"

"也许先生您会愿意在休息室里吃烤饼？"

"嗯，好，我愿意。谢谢您。"他松开了按钮。

哈里森一路小跑赶往观光车厢，他也想看一看王子和王妃向人群致意的场面。这一环节很快就结束了，高地猎鹰号吹响汽笛，在人群的欢呼声中驶出了巴勒特车站。艾萨克站在外面的露台上，拍下了铁轨两边挥手致意的人们。哈里森站在摄影师的旁边，看着铁轨在他们身后缓缓向远方移动，巴勒特消失了。

"把门关上！"麦洛坐在皮扶手椅上吼道，"这里冷死了。"

哈里森一边道歉，一边退回了屋里。他好奇会不会是哈德良的出现让麦洛如此烦躁。他选了一个角落里的座位，然后拿出了速写本。他看着从麦洛的纸条上抄下来的字，揣测他的同伙有可能是谁。塞拉·奈特吗？他必须立刻和玛琳聊一聊！

火车隆隆地向前驶去，哈里森手中的笔将速写本中空白的一页变成了巴尔莫勒尔堡的全貌。他默默地感谢维多利亚女王限制了火车的行驶速度。火车缓慢行驶时，画画就容易多了。

　　在火车去往伯斯莫尔的路上，哈里森穿过车厢朝火车尾部走去。途中，他看到了正在打台球的欧内斯特·怀特和男爵，还看到了在图书室里看书的露西。哈里森惊讶地发现她正在看《龙之蒸汽》，可他没有时间停下来。高地猎鹰号已经开始减速

慢行了，窗外挥手的人群也变得清晰可见。

兰斯伯里夫人坐在休息室里玩着一副牌。哈里森走进去在另一头的一张桌子旁坐下，背对着她望着窗外。

艾米肩头抵着一个托盘走了进来。她把两个烤饼、一罐草莓酱和一盘冻奶油放在了哈里森扶手椅前的桌子上。然后，她把一部装有金色转盘的奶油色老式电话的电缆插到了墙上的插座上，接着朝他眨了眨眼睛。

艾米离开时，罗文正好走进车厢，坐在了兰斯伯里夫人的对面。

"火车出发前，你带狗去上了洗手间吗？"兰斯伯里夫人冷漠地问道。

"去了，"罗文点了点头，"而且都装好袋子，也贴好了标签。"

"很好。你喂过它们了吗？"

罗文瞟了哈里森一眼，回答道："还没有。"

"什么叫作还没有？"兰斯伯里夫人愤怒地低声质问，"赶紧去喂！"她停了一下，然后大声地说："那些可怜的小家伙一定饿坏了。"

哈里森把烤饼切成两半，并在上面涂了一层果酱。电话上的一盏小红灯突然闪烁了起来。他放下刀，拿起了话筒，问道："喂？"

"是我。"玛琳的声音传了出来。

"你在哪儿？"他小声地对着电话说。

"我在发电机室，在火车的前部。"

"哪儿？"

"行李车厢边上，还记得吗？快来找我，把烤饼也带来。"

"可是我不能……喂？玛琳？"

电话断了。

哈里森把听筒放回原处，朝车厢对面瞥了一眼。那里现在只剩下兰斯伯里夫人一个人了。他迅速地往烤饼里加了些奶油，然后用一块餐巾把它们包了起来。他想起来发电机室的门上有一个被闪电图案劈开的黄色三角形标识，那标志着危险。他要怎么到火车的另一头去呢？他必须穿过王室车厢，可那里现在不仅有乘客，而且还守卫森严。他拿着包好的烤饼站起身来，大声地说："我想我还是回自己的包厢去吃好了。"

# 第十七章

# 发电机室里的小窝

　　要想穿过王室车厢，哈里森必须想出一个很好的理由才行，这让他苦恼不已。终于，他来到了那扇令人生畏的门前，深深地吸了一口气，敲了敲门。

　　"对不起，先生，"开门的是一位身穿深蓝色西装的健壮男人，"嗯，我知道我不能从这里通过，但是列车员格拉汉姆……您有见过他吗？他人真是太好了……噢，今天是他的生日……"哈里森意识到自己正在语无伦次、含糊不清地胡说八道。"我给他准备了些烤饼作为礼物。"他举起手里用餐巾包着的烤饼，

162

"希望您能让我过去把它们交给他。我想给他唱《生日快乐》歌。"他礼貌地笑了笑，继续说道："如果有需要，您也可以搜我身或者送我过去？"卫兵微微地笑了笑，挥手让他通过，并把一个手指放在了嘴唇上。

哈里森满怀感激地匆匆穿过客厅来到走廊。哈德良正在王子和王妃的包厢前站岗，哈里森最早就是在这里发现玛琳的。这名保镖在室内看起来显得更加高大了，他甚至需要弯着腰才能避免自己的头撞到天花板。从他身旁走过时，哈里

森的心怦怦直跳。他对这位保镖微笑了一下，可人家却用极其锐利的目光回应了他。

走进服务车厢后，哈里森连忙关上身后的门，如释重负地靠在了车门上。等缓过劲来，他穿过列车员们堆在车厢里的各种杂物，冲到了画着黄色三角形的门口，敲了敲门。门开了，一只手伸了出来，抓住他的手腕，把他拉了进去。

"发生什么事了？他要动手了吗？巴尔莫勒尔堡什么样？你看到那条项链了吗？"玛琳一口气问了他许多问题。

发电机室里又热又黑，弥漫着一股柴油的臭味。一个巨大的金属装置发出令人不安的嗡嗡声，上面满是闪烁的灯光和五颜六色的电线。在这个金属大家伙前面的地上，玛琳用旧毛巾和桌布做了一个小窝。玛琳拉着他坐在了地板上。

"这里安全吗？"

"安全，只要别碰发动机。说说发生了什么事。"

"没发生什么事，但是……"

"没发生什么事？"玛琳看上去非常震惊，"你确定吗？"

"让我说完。我们到达巴尔莫勒尔堡后，我就被送到厨房和城堡里的孩子们一起吃饭了。但我骗了一个叫伊万的男孩，让他把我带到了外面，这样我就能从窗户外面看到那些大人了。"

"这招挺聪明的。"

哈里森感到自己有些脸红。"王妃一直戴着那条项链。"他说。

"你看到了？阿特拉斯钻石什么样？"她问。

"又大又闪闪发光。"哈里森答道。

玛琳翻了个白眼，他则耸了耸肩膀。

"吃饭时，麦洛就坐在王妃的旁边，但他没法下手——有太多人看着了。我不确定他能不能把它偷走，因为有一个叫哈德良的巨人守卫着，他从不让项链离开他的视线。"

"但麦洛肯定早就知道有人会看着项链。"

"不仅如此，"哈里森说道，"我发现了一些东西……"他很喜欢看到玛琳被勾起了兴趣的样子，稍顿一下后他接着说道："我绕到城堡的前面，跑去了门廊，所有人的外套都挂在那儿。"

玛琳跪直了身子："你不会是……？"

哈里森点了点头："我翻了他的外套口袋，里面有一张纸条。"

"你看了吗？写的什么？"

哈里森把速写本翻到有纸条内容的那页，递给了玛琳。

"他还有个同伙？"玛琳惊讶极了。"是啊！"她点点头，把半块涂满果酱的烤饼塞进了嘴里，"他就是准备这么干的。"

"但你真该看看那儿守卫得有多森严。王妃戴着项链时，哈德良就像影子一样跟着她。等她取下来，项链就会被锁进一个金属盒子，铐在哈德良的手腕上。"

"如果麦洛真能偷走项链，那他一定是个神偷。"玛琳说。她把烤饼屑撒得到处都是。

"纸条上说就按计划来，"哈里森轻轻地拍了拍速写本，"所以他们肯定觉得自己能偷走项链。"

"也许护卫也有份？"玛琳说着，拿过哈里森的速写本翻了起来，"或者他们打算直接把它抢走，根本不在乎谁会看见？"

"你知道我在想什么吗？"哈里森说，"胸针就像徽章一样，是别在衣服上的。"

"是的，所以呢？"

"要想神不知鬼不觉地把它偷走肯定很难，你的手指必须非常灵活才行。"

"不然就是皮克尔夫人太糊里糊涂了，"玛琳说，"她也确实是这样。"

"这我倒不敢确定。"哈里森皱了皱眉头。

玛琳翻到画有麦洛画像的那一页，她盯着那幅画说："你看这道疤痕。他看起来就像是个珠宝大盗。"

"他在巴尔莫勒尔堡的举动也很奇怪。狗群发生骚乱时，除了麦洛，所有人都冲上前去帮忙。只有他趁机溜回门廊，然后消失了。"

"什么骚乱？"

"罗文牵着的狗突然失控了，它们扑向王妃。"哈里森说，"他是一个相当糟糕的驯犬师。兰斯伯里夫人气坏了，在大家面前数落了他一顿，让他非常难堪。但你知道吗？我注意到一件奇怪的事——罗文说那叫贝莉的狗是个男孩，而兰斯伯里夫人则完全记混了它们的名字。如果它们是我的狗，我永远都不会弄错它们的名字。"

"对，因为你很喜欢狗！"玛琳举起哈里森画的狗说。

"没错。"哈里森哈哈大笑，"好了，我们现在要做什么？"

"到达阿伯丁后，王室之旅就正式开始了。王妃肯定会戴上那条举世闻名的项链，人们都想看一看它。"

"你觉得'喜鹊'会在那个时候下手？"

"对。那名同伙的任务肯定是分散哈德良的注意力，"玛琳说，"声东击西。"

"你觉得那名同伙会是谁？"哈里森问道。

"可能是塞拉。她总是在麦洛耳边窃窃私语。"

"我也是这么想的。"

玛琳点了点头："你必须紧紧地盯着项链，不要让任何事情分散你的注意力。"车厢微微晃动，火车放慢了速度。她看了看手表说："我们回费里希尔侧线了，你该走了。"

哈里森转过身，急急忙忙地跑过服务车厢，然后又放慢脚步，胆怯地走进了王室车厢。当王子和王妃走出车厢时，他看到哈德良鞠了个躬，退到了一旁。王妃已经换上了一件翡翠绿的衣服，但她仍像玛琳所说的那样戴着阿特拉斯钻石。当火车隆隆地驶进阿伯丁车站时，哈里森跟在王室成员的后面，小心翼翼地走进了观光车厢。

站台上里三层外三层地挤满了欢呼的人群。人们迎接高地猎鹰号的热情使哈里森不禁感到一阵喜悦，他猛然意识到能坐上这趟火车真是太幸运了。他四处寻找舅舅的身影，最后发现他正在和欧内斯特·怀特聊天。

"纳撒尼尔舅舅。"他一边叫着,一边穿过车厢朝舅舅走去。"我之前一直没跟您说过,但我要谢谢您带我来坐高地猎鹰号,"他感到一阵红晕爬上了脸颊,"这列火车真是太酷了。"

舅舅的脸上露出了笑容。"你看,欧内斯特,我就说他肯定会很激动吧!"他琥珀色的眼睛闪烁着兴奋的光芒,"我很高兴你非常喜欢这趟旅程,哈尔。"

哈里森点了点头:"我很喜欢。"

艾萨克已经在忙着拍摄照片了。王妃和塞拉站在通往露台的门旁。王妃一边用手给自己扇着风,一边转向了塞拉。

"你包里有香水吗?"

"一直都有。"塞拉从手提包里拿出一个八角形的瓶子。

"吉亚斯塔拉牌香水——我的最爱。"

"也是我的最爱。"塞拉朝王妃的脖子上喷了一点儿。

"我看起来怎么样?"王妃看上去有些紧张。

"非常完美。"

随着火车缓缓地停靠在站台旁,铜管乐队的乐声也越来越响。王妃发现哈里森正在盯着自己,便转过身来。"真是令人激动,不是吗?"她说。

"您戴着项链不担心吗？"哈里森不假思索地说出了自己的想法，"要是被偷了怎么办？"

"我不需要担心，哈德良会帮我照看好一切。"她指了指哈里森身后。他转过身，发现哈德良就站在自己背后。王妃用手捂着嘴，小声地说："不过这项链还真有点儿重。"

"噢。"哈里森不知道该说些什么，但王妃咯咯地笑了起来。

火车上的其他客人现在都在观光车厢里。麦洛独自一人靠在吧台上。停稳的高地猎鹰号喷出一大股蒸汽。王子和王妃走上露台，人群中爆发出一阵欢呼声。看到这样的景象，哈里森不由得露出了笑容。一名乘务员扶着王室夫妇走下站台，并把他们介绍给了一位满脸笑容的男士。这位男士身穿黑色西装，脖子上挂着一串吊有一枚大大奖章的金项链。

"阿伯丁的市长大人。"纳撒尼尔舅舅说着，在随身带着的笔记本上潦草地写着什么。

"我们要下车吗？"哈里森一边问，一边继续盯着项链。

"不用。王子和王妃会去寒暄几句，艾萨克会拍几张照片，然后我们将踏上王室之旅的第一站。"他看着哈里森，"今晚会有一场盛大的宴会，每个人都得穿上最好的衣服。"

"可我那条裤子上全是泥巴。"哈里森慌乱地说道，他想起来忘了让戈登帮忙洗一下裤子，"我可以穿牛仔裤吗？"

"不，牛仔裤可不行。"纳撒尼尔舅舅摇了摇头，"别担心，戈登说他有一条跟西装外套很搭的格子花呢裤子，我们可以借一下。"

哈里森惊讶地吸了一口气："格子花呢裤子？"

纳撒尼尔舅舅突然哈哈大笑起来。

"您开玩笑的吧？"

"你真该看看你刚刚的表情！"纳撒尼尔舅舅高声大笑，"格子花呢裤子。"

哈里森摇了摇头，朝舅舅咧嘴一笑："您吓到我了。"

车站上的仪式非常简短。哈里森目不转睛地盯着阿特拉斯钻石，但没有人靠近它一步，而且哈德良一直像影子一样跟着钻石。当王室夫妇再次回到露台上时，火车的汽笛声响了起来。在人群的欢呼声中，高地猎鹰号缓缓驶离了站台。

火车进入隧道，从地下穿过了阿伯丁市区。观光车厢的玻璃外漆黑一片，车顶的吊灯照亮了车厢。王子和王妃走进来，他们的身后一阵烟雾缭绕，乘客们纷纷鼓起掌来。

哈里森在观光车厢里环顾了一圈，打量着叽叽喳喳的乘客。艾米穿行在他们中间，为他们递上饮料。这样的场景和他们在火车上度过的第一个傍晚何其相似，莉迪亚·皮克尔的胸针正是在那天遭遇的失窃。

塞拉放上了一张唱片，音乐瞬间充满了整个车厢，"让我们最后为高地猎鹰号敬一杯酒，同时也为我亲爱的朋友和她英俊的丈夫敬上第一杯酒吧！"她举起杯子，喝了一口，然后便开始跳舞。

王妃咯咯笑了起来，王子向她伸出了右手。她握住王子的手，转着圈进到了他的臂弯里。她的舞步轻快优美，令人印象深刻。她旋转时，哈里森看到阿特拉斯钻石项链从她的脖子上晃了出来，钩住了王子翻领的纽扣。当王子把她再转出去时，哈里森惊骇地发现——项链断了。

那颗鸡蛋大小的钻石掉在地上，摔得粉碎。

# 破碎的阿特拉斯钻石

观光车厢里的所有人都倒抽了一口冷气，而塞拉则尖叫了起来。接着是一阵漫长的沉默，大家都盯着那颗碎了一地的钻石。

虽然哈里森不是钻石专家，但他知道钻石应该是摔不碎的。王妃看上去快要晕倒了。就在这时，哈里森感到一只手坚定地搭在了自己的肩上，他发现纳撒尼尔舅

173

舅就站在自己的身边。

王子将妻子搂在怀里，清了清嗓子。"女士们、先生们，今天的庆祝活动恐怕要到此结束了，"他的表情非常严肃，"哈德良，把剩下的项链碎片收集起来，交给警察。"

王妃的眼睛里噙满了泪水。

"别难过，亲爱的，这不是我送给你的那条项链。"他搂过自己的妻子，又看着哈德良捡起了断裂的项链。"这是赝品，"他皱起了眉头，"问题是——真正的项链在哪儿呢？"

等哈里森回过神来，他发现舅舅正在把自己推向出口。不知怎的，麦洛成功了！他回过头，就像准备画速写一样仔细地扫视着整个车厢，努力记住他所看到的每一个细节。

项链就在他眼皮底下被人神不知鬼不觉地用赝品调了包？他望着前面走廊里的乘客，寻找麦洛的身影，但哪儿也没有那个一脸凶相的人。

"我早就说过火车上有小偷！"皮克尔先生说，"现在没人能否认了吧！"

"我们回自己的包厢去。"纳撒尼尔舅舅冷静地说。

哈里森的心怦怦直跳。说不上为什么，但他觉得自己遇到大麻烦了。

他们回到包厢里，纳撒尼尔舅舅坐在椅子上，哈里森则坐在了沙发上。

"我需要你告诉我实情，哈里森，"纳撒尼尔舅舅摘下眼镜，用夹克的衣角擦了擦，"皮克尔先生说他今天下午早些时候看见你走进了王室车厢，这是真的吗？"

哈里森点了点头。

"我们在阿伯丁的时候，你就一直盯着那条项链，"他戴上眼镜，眨了眨眼睛，"你甚至还大声问王妃担不担心项链被人偷走。这很容易让人以为你早就知道会发生这种事情。"

"我没有偷项链！"

"你当然没有了，"纳撒尼尔舅舅身子前倾，两眼直直地盯着哈里森的眼睛，"不过，你不觉得是时候告诉我你和玛琳·辛格的计划了吗？"

哈里森惊讶地张大了嘴巴："可是……您是怎么知道的？"

纳撒尼尔舅舅笑了："我是一名记者，哈尔，我的工作就是要注意到各种细节。在国王十字车站时，我看到玛琳透过王室车厢的窗户偷看了你一眼。我最后一次见到她时，她才六

175

岁。可即便是那个时候，她也非常喜欢火车。我知道你一定见过她，因为你之前一直在问车上是不是还有一个孩子。"他扬起了眉毛，"所以当你不再问这个问题时，我猜你已经找到她了。"

"我本来是想告诉您的，"哈里森说，终于能说出实情了，他反倒松了一口气，"但玛琳说如果有人知道她在车上，她爸爸会有麻烦的。"

"所以我什么也没有说，"纳撒尼尔舅舅往后靠了靠，"但她并没有自己想象的那么谨慎。"他笑了笑又问道："你们一直在追踪那个偷珠宝的小偷，是吗？"

"'喜鹊'。"哈里森点点头说，"我们猜测那条钻石项链就是最终的目标——好吧，这是玛琳的猜测。我本应该好好地盯着项链，防止有人将它偷走，但根本没有人敢靠近它。"他摇了摇头，疑惑地说："我不明白它是怎么被偷走的。"

"'喜鹊'？这是你们给小偷起的名字？好名字。"纳撒尼尔舅舅把指尖拢在了一起，"你们觉得谁是头号嫌疑犯？"

"麦洛·埃森巴赫。"

"男爵的儿子？"

"他来自一个非常富裕的家庭，但由于他是最小的儿子，所以他无法继承任何财产……而且他好像总是在生气。"哈里森解释道，"他压根儿不喜欢火车。如果不是为了偷珠宝，他为什么要乘坐高地猎鹰号呢？"

"你们有证据吗？"

"有。我们……"他停顿了一下，接着说，"没有……我们掌握了一些线索，但还算不上证据。不过我们确信麦洛还有一个同伙。"

"一个同伙？"纳撒尼尔舅舅眨了眨眼睛，"不然这样，我们今晚就在包厢里订晚餐吧，我觉得今天没有人会想在餐车里吃饭。而且解谜的时候，食物往往非常有用。"

"好。"哈里森拿出速写本，"那我先抓紧画一幅画可以吗？我要把钻石被摔碎时我在观光车厢里看到的一切画下来，免得我一会儿记不清楚了。"

哈里森趴在地板上，扭了扭身子，然后便开始画画。

纳撒尼尔舅舅用对讲机点了餐，然后静静地坐在一旁，看着哈里森画画。

当艾米端来食物时，哈里森合上了速写本。他和舅舅坐

在舅舅的床铺上吃起了奶油白鳕鱼片。哈里森告诉舅舅他本来打算去抓小偷，结果却发现了玛琳。他和玛琳都认为麦洛就是"喜鹊"，但还不能确定同伙是谁，不过他们怀疑可能是塞拉。

"真让我大开眼界。"纳撒尼尔舅舅用餐巾擦了擦下巴上的酱汁，"我也不知道图书室里还有一个秘密洗手间。你说的是《都铎胡子税》? 我必须去看看。"

"您觉得麦洛这个人怎么样? 他看起来很可疑，对吧? "

"对，但他放进口袋的那个发光的东西可能并非失窃的珠宝。你发现的纸条确实是个线索，但它也没有明确地提到偷东西。"

"不然还能指什么? "

"我不知道。"纳撒尼尔舅舅摇了摇头。

"我们在图书室看到他行为诡异又是怎么回事呢？"

"他是有一点儿神经质，"纳撒尼尔舅舅对此表示认同，"但这并不意味着他就是个小偷。"

"我们打算在指控他之前先设法找到证据。本来是想在他偷窃时抓他一个现行，"哈里森耸了耸肩膀，"但是现在项链已经被偷了，所以我们错过了机会。"他叹了口气："现在，这件事情可能得交给警察去解决了。"

"我能看看你的画吗？"

哈里森把速写本递了过去，说道："我只是随便画画的。"

"这可不是随便画画。你眼力相当不错，"纳撒尼尔舅舅看起来非常惊讶，"你非常准确地捕捉住了兰斯伯里夫人的手势。"他翻了一页，哼地笑了一声，说道："史蒂文·皮克尔，香肠男！哈！你把他的大鼻孔也画出来了。"

哈里森咧嘴一笑："他是有点儿胖。"

"你非常善于观察。"纳撒尼尔舅舅用一根手指敲了敲自己的嘴唇。"盗窃阿特拉斯钻石可是重罪，警方一定会调查此事，但你们依然掌握先机，你们或许还能帮他们一把。你可能看到了一些非常重要的事情，而且有一个负责任的成年人陪着你们，"他指了指自己，"我不明白你们为什么不能继续调查下去。谁知道呢？或许我们能先破案。"

"真的吗？"哈里森激动起来。

"试一试也无妨。"纳撒尼尔舅舅的眼睛闪闪发亮，"你知道吗？我在火车上有过各种各样的经历，可还从来没有当过侦探。"他搓了搓手，问道："我们首先应该做什么？"

"我们可以把高地猎鹰号行进的路线画出来，并在地图上标出我们认为的案发地点，"哈里森说，"以及我们停下来补充水和煤的地方。"

"就这么干。"纳撒尼尔舅舅摆出了地图。

他们俩并排坐在纳撒尼尔舅舅的床上，回顾着迄今为止的旅途，并把他们所能想到的每一个重要时刻全都记在了哈里森的速写本上。不知不觉就到了该睡觉的时间。

"您不会说出去的，对吧？"哈里森边说边穿上了睡衣，"玛琳的事情，我是说……她也在火车上。"

"我在车上只见过你一个小孩子。"舅舅眨了眨眼。

哈里森躺在自己的床铺上，感觉自己今晚肯定要失眠了。他用拇指和食指捏住圣克里斯托弗像章，思绪在不停地翻滚。他希望能跟玛琳聊一聊项链被摔碎了的事情。他想知道她是否已经知道这件事了。他想起了她爸爸驾驶火车的样子，想起了乔伊在黑暗中往炉子里铲煤的动作，想起了高地猎鹰号的锅炉在黑夜里冒出的浓烟和蒸汽。他想象着火车在苏格兰蜿蜒前行，气势汹汹地驶入班夫郡①，穿过埃尔金②和福里斯③的弧形站台，呼啸着冲过长长的高架桥……

睡意终究还是袭来了。

--------

① 班夫郡为苏格兰的一个旧郡。——译者注
② 埃尔金为苏格兰东北部的一座城市。——译者注
③ 福里斯为苏格兰东北部的一座城镇。——译者注

第十九章

# 早餐时的问询

哈里森睡得断断续续，其间他还梦到了一群穿着条纹套头衫、戴着黑色面具的强盗。与此同时，高地猎鹰号驶过了芬德霍恩河①，沿着凯恩戈姆斯国家公园②的边缘继续前行。当火车停在邓布兰③的侧线上时，他醒了过来。他从床铺上溜下来，偷偷往外看了看。一名警察正站在他们的包厢外。

"怎么回事？"纳撒尼尔舅舅睡眼惺忪地问道。

---

① 芬德霍恩河为苏格兰北部的一条河流。——译者注
② 凯恩戈姆斯国家公园为苏格兰东北部的一座国家公园。——译者注
③ 邓布兰为苏格兰中部的一座城市。——译者注

"外面有警察。"哈里森小声说。

纳撒尼尔舅舅从床上爬起来。"有意思，"他说，"他们一定认为小偷还在火车上。"他把一根手指放在嘴唇上，示意哈里森保持安静。然后，他悄悄地打开了朝向外面的窗户。

风吹树叶的沙沙声、狗吠声，还有低沉的说话声从敞开的窗户传了进来。哈里森看到穿着睡衣、披着晨袍的罗文正带着狗狗们出来放风：贝莉安安静静地坐在他的脚边，看上去懒洋洋的；香农和菲茨罗伊沿着草地的边缘一个劲地嗅着；特拉法尔加和维京则兴奋地对着两名走在列车旁边的警官大声吠叫，而这两名警官身边还各跟着一只听话的德国牧羊犬。

"他们带了警犬。"哈里森小声地说。

"这对小偷来说可是个坏消息。"纳撒尼尔舅舅打着哈欠说。"嘿，这是什么？"他弯腰捡起一张从门缝塞进来的卡片，朝着哈里森挥动了一下，"要我们七点钟去餐车。"

哈里森和舅舅走进餐车时，所有人都在低声交谈。

"一位侦探昨晚上了火车，"露西·梅多斯低声对纳撒尼尔舅舅说，"戈登正在跟她说话，就在餐厅的包间里。"

史蒂文·皮克尔环抱着双臂，说道："终于有人能对小偷采取一些措施了。"说完，他故意狠狠地瞪了哈里森一眼。

戈登·古尔德从餐厅包间里走了出来，车厢里一下子安静了下来。他身后跟着一位红色短发，身穿灰色高领衫和蓝色长裤套装的女人。她走到乘客面前清了清嗓子。

"早上好，女士们、先生们，很抱歉这么早把大家召集过来。我是因弗内斯①警局的总探长布丽奇特·克莱德。王子殿下命我调查阿特拉斯钻石失窃一案。"她喝了一大口咖啡，"王子希望我们谨慎对待此事。正因如此，我才会一大早在铁轨侧线这里与你们谈话。殿下希望媒体在高地猎鹰号的旅程结束之前不要公开此事。"

她直勾勾地看了一眼纳撒尼尔舅舅，舅舅点头表示同意。

"他不想让丑闻……啊……扰乱……"她扬了扬眉毛，"……计划好的王室巡游活动。一切都要按照原计划进行，就当什么都没有发生过。王子和王妃感谢各位的支持。"

乘客们低声表示赞同。

"希望在你们的合作下，我们能找到犯下这桩丑恶罪行的罪犯并在我们到达伦敦之前把项链还给王妃。"她打量着乘客们的

---

① 因弗内斯为苏格兰的一座城市。——译者注

脸庞，"这是一起非常严重的罪行。阿特拉斯钻石是无价之宝，我们有充分的理由怀疑小偷还在我们中间。火车上的每一个人都是嫌疑犯。"

几名乘客倒吸了一口气。

"可你怎么能这么认为呢？"男爵迷惑不解地说，"我们谁也不知道项链是什么时候被偷走的。"

"我们在巴尔莫勒尔堡见到它时，王妃就已经戴着它了！"塞拉说，"你应该去跟城堡的工作人员谈谈。"

"我的同事要对火车进行彻底的搜查，与此同时，我需要跟你们每一个人聊一聊。"总探长克莱德不顾乘客们的抗议，继续说道，"没有我的允许，你们谁也不可以离开。但请放心，我们会找到项链的，还有那个小偷。"她用严肃的目光盯着每个人看了一会儿。"好好享用你们的早餐。"她平静地说，嘴角微微抽动，挤出一丝笑容，然后便转身走回了餐厅包间。

她身后的房门刚关上，餐车里的人们立马议论了起来。

"太可怕了！"兰斯伯里夫人说，"这对可怜的王妃来说是多么严峻的考验啊！"

"如果我有一颗像阿特拉斯那么大的钻石，"塞拉对露西说，

"谁也不可能偷走它，因为我永远不会把它取下来。我就连洗澡的时候都要戴着它。"

早餐进行到一半时，火车离开了侧线，继续朝南驶向格拉斯哥①。

"打扰您一下，先生。"戈登·古尔德走到餐桌旁对纳撒尼尔舅舅说，"探长想见您，然后是贝克少爷。"

"谢谢你，戈登。我们一起去。"纳撒尼尔舅舅说着，把餐巾从衣领上拿下来，擦了擦手，"走吧，哈里森。"他把餐巾扔在桌上，站了起来。

餐厅包间的锦缎窗帘全部都被拉上了，火车上的人都看不到里面是什么样子。包间内的桌子周围摆了四把扶手椅，克莱德总探长就坐在其中的一把椅子上。她示意纳撒尼尔舅舅和哈里森坐下。一个满脸粉刺的黑发警察在他们进入后关上了包间的门。"这位是普拉特尔探长，"总探长克莱德说，"他负责做记录。"

"我叫纳撒尼尔·布拉德肖，这是我的外甥哈里森·贝克。"纳撒尼尔舅舅边说边坐了下来，"我想你可以跟我们俩一起聊，因为我是哈里森的监护人。"

---

① 格拉斯哥为苏格兰中部的一座城市。——译者注

克莱德总探长点了点头，普拉特尔探长记下了两人的名字。

"我要知道的第一件事情是，"克莱德总探长说，"在旅行期间，你们是否进过王室夫妇的包厢？"

"你怀疑项链是在那里被偷的？"纳撒尼尔舅舅问道。

"对。"探长普拉特尔说，"我们认为……"

"普拉特尔探长，"克莱德总探长大喝一声，"让他回答我的问题。"

"不，我没去过王室包厢。"纳撒尼尔舅舅答道。

哈里森局促不安地坐在椅子上。如果他说实话，那他就得把玛琳的事情也告诉警察……

"哈里森也没去过。"纳撒尼尔舅舅说。

哈里森摇了摇头，舅舅能替他回答着实让他松了一口气。

"你们有谁看到过或者拿到过王室包厢的钥匙吗？"

"没有。"哈里森答道。

"我没见过钥匙。"纳撒尼尔舅舅说，"有钥匙丢了吗？"

克莱德总探长没有回答，继续提问："请你们告诉我，昨天下午你们都做过哪些事情，从你们在巴勒特上车算起，直到项链被摔碎为止。"

187

"我在巴尔莫勒尔堡的时候吃多了，"纳撒尼尔舅舅坦白道，"我在巴勒特看了一会儿仪式，不过我先行离开了，回到自己的包厢睡了一会儿。哈里森可以证实这一点。"

哈里森点了点头。

"那么，哈里森，你舅舅睡觉的这段时间你在做什么呢？"

"我到观光车厢画画去了。"他把速写本放在桌上，推到了总探长的面前，"如果您愿意，可以把这个作为证据。"

"证据？"总探长克莱德微微一笑。

"对。我的画说不定能帮助您破案。"

普拉特尔探长哼笑了一声。总探长克莱德把速写本推还给了哈里森。"我觉得你可以留着它，"她说，"我们对小孩子的画不感兴趣。"

哈里森感觉自己的脸变红了。他把速写本从桌上拿起来，抱在了胸前。

"你在观光车厢待了多久？"

"我画了大约半个小时。艾萨克在露台上拍照，麦洛·埃森巴赫也在那儿待了一会儿，但他抱怨说车厢里太冷，所以就离开了。然后，我在休息室里点了几块烤饼。兰斯伯里夫人和罗文也在里面……"哈里森停顿了一下。"由于午餐非常丰盛，有一块烤饼我实在吃不下了，而我又刚好听乘务员说今天是列车员格拉汉姆的生日，所以我决定给他一个烤饼当作生日蛋糕。我拿着烤饼去了服务车厢，但我没有找到他，"他耸了耸肩膀，"所以我就走了。"

"所以，你其实去过王室车厢？"克莱德总探长盯着他问。她蓝色的眼睛冷冰冰的。

"我经过了那节车厢，但没进包厢里面。"哈里森回答说，"卫兵说我可以过去，而且哈德良就守卫在门口。"

"我懂了。"克莱德总探长边说边做笔记，"你有看到或听到什么异常吗？"

哈里森摇了摇头。

"在那之后，你还做了什么？"

"火车驶入阿伯丁时，我去观光车厢参加庆祝活动，之后项链就摔碎了。"

"这个案子真让人费解。"纳撒尼尔舅舅说，"我猜你之所以问我们从巴勒特到阿伯丁的这段时间里做过什么，是因为你认为项链是在那段时间被人用假的调了包？"

"我们唯一可以确定的是，昨天早上在巴尔莫勒尔堡，王妃从保险箱里取出来戴在脖子上的那条项链是真的。"克莱德总探长说。

"她只把它取下来过一次。"普拉特尔探长补充说。

"真的吗？"纳撒尼尔舅舅身子往前倾了倾。

普拉特尔探长点了点头，说道："除此之外，其他任何时候都有不少于五个人看到了那颗钻石。"

克莱德总探长清了清嗓子，不满地望着普拉特尔探长。"普拉特尔探长的意思是说问询暂时结束了。非常感谢你们的合作。"她说。

"很高兴能够为你效劳。"纳撒尼尔舅舅礼貌地说，"不过，你真不应该这么快就否定我外甥的速写。"

"布拉德肖先生，"克莱德总探长叹了口气，不耐烦地说道，"我不是保姆。"

哈里森盯着探长头顶的墙壁，强忍着怒火。他只是想帮忙。

"我还有工作要做。"克莱德总探长一边说，一边伸出一根手指对着纳撒尼尔舅舅指了一下。"如果关于这起窃案的风声传到了任何一家报社的耳朵里，我唯你是问。我可不喜欢记者。"

她说。

"明白。"纳撒尼尔舅舅低下了头。

"很好。"她说,"既然这样,你们可以走了。"她停顿了一下,补充道:"暂时。"

"谢谢你,总探长。"纳撒尼尔舅舅说着,从椅子上站了起来,"走吧,哈尔。"

但哈里森似乎并没有听到舅舅的话。总探长头顶上方的后面有一个黄铜通风口,通风口里面好像有什么东西在动。

"哈尔?"舅舅叫他。

哈里森一下子跳了起来:"抱歉,我们走吧。"

克莱德总探长摇了摇头:"普拉特尔探长,请让下一位乘客进来。"

"嗯,她还真是不好对付。"当两人回到餐厅里的座位时,纳撒尼尔舅舅说。

"她很刻薄,"哈里森静静地说,"而且很粗鲁。"

纳撒尼尔舅舅点了点头:"是有一点儿。"他边说边给自己倒了一杯茶。"不过,"他从桌子那边把身子探了过来,压低声音说道,"我们起码知道警察认为钻石是什么时候被偷的了。"

"是吗？"哈里森瞪大了眼睛。他忽然意识到纳撒尼尔舅舅一直在利用这次的问询来搜集信息。

"是的。昨天早上在巴尔莫勒尔堡，那条真项链被从保险箱里取了出来，戴在了王妃的脖子上。按照普拉特尔探长的说法，她只把项链取下来过一次，那肯定是在我们从巴勒特前往阿伯丁的途中，不然他们就不会这么问。把真项链换成赝品的人一定是趁王妃在王室包厢里换衣服的时候做的手脚。"他靠在椅背上，对着哈里森咧嘴一笑，"说实话，我能理解警察为什么不喜欢记者，我们这群人非常狡猾。"说完，他挑了挑眉毛。

"纳撒尼尔舅舅，您记得我们昨晚聊过的那个秘密吗？"

"嗯。"

"我需要……嗯……"他不想在餐车里提到玛琳，以免被别人听到。

"离开一下？"

哈里森点了点头："我不知道这件事还能瞒多久，如果您知道我是什么意思的话。"

"我知道，好的。"舅舅一口喝完了茶杯里的茶，"我要回包

192

厢了。我需要写点儿东西。这桩谜案简直是送给小说家的礼物。如果未来要出书,我或许会用几张你的画。"

"真的吗?"

"当然了,我会付钱给你的。"纳撒尼尔舅舅站起身来。"好了,祝你好运,睁大眼睛寻找线索吧!"他说。

哈里森装作要去图书室的样子从餐厅包间的旁边走过。拉开那扇推拉门,他猛地转过身,盯着角落里的一个橱柜。他把柜门拉开一条缝,往里看了看。柜子里装着许多锅碗瓢盆和一个装满刀叉的空香槟桶,在最高的隔板上还有一堆叠得整整齐齐的桌布——玛琳正跪在上面。

"快!"她低声说,"进来!"

哈里森推上推拉门,爬到了她的身旁。玛琳一把关上了橱柜的门,将两人留在了一片黑暗之中。

"你在做什么?"哈里森一边低声问,一边寻找着舒服的姿势。

"我来这里本来是为了躲开那些狗,"玛琳在他耳边小声地说,"服务车厢里有好几条狗。我没想到警方会在隔壁进行问询。"

　　"你不该来这儿，"哈里森小声地说，"你会被抓住的。"

　　"你听，"玛琳指着旁边的通风口说，"我正在搜集信息。"

# 间谍与不在场证明

　　哈里森一边拿出速写本和圆珠笔，一边瞟了瞟那个通风口的外面。他看到了克莱德总探长的后脑勺。艾萨克懒洋洋地靠在扶手椅上，一副昏昏欲睡的样子。

　　"艾萨克·阿德巴约，上面说你是王室摄影师。"

　　"是的。"

　　"你有王室车厢里任何一个房间的钥匙吗？"

　　艾萨克哈哈大笑："没有人会把钥匙给一位摄影师的。"

　　"请你告诉我们，昨天下午你做了什么，从你在巴勒特登上火车算起，直到阿伯丁的欢迎仪式结束为止。"

艾萨克解释说，他在巴勒特拍了几张王子和王妃登上火车的照片，然后就去了观光车厢。

"我跟着王子和王妃走上了露台，想给他们和市长大人拍一张合影。再之后，我就和其他人一起看到项链被摔碎了，但我们当时是在隧道里，所以我也没有拍成照片。"他摇了摇头。

"你能证实自己的说法吗？"

"大家都能证实。"艾萨克答道，"哈里森当时就在观光车厢，麦洛·埃森巴赫也在。"

"哈里森·贝克？"克莱德总探长说。哈里森脖子上的汗毛都竖了起来。"皮克尔先生坚持称他就是小偷。他说那个男孩，我引用他的原话，'像一条迷路的狗一样跟着王妃，目不转睛地盯着钻石'。"克莱德总探长的语气冷冰冰的。

"皮克尔先生不喜欢孩子。哈里森·贝克是个好孩子。"艾萨克摇了摇头，"他对王妃有好感，喜欢跟在她后面转悠，又有谁能怪得了他呢？"

哈里森张大了嘴，玛琳用手捂着嘴强忍着笑。

艾萨克退出了包间。在他之后进来的是塞拉·奈特，她像天鹅一样优雅地坐在了椅子上。

"奈特女士，你有王室包厢的钥匙吗？"

"噢，老天，没有！"塞拉发出一阵颤抖的笑声，"我甚至连自己包厢的钥匙都没有，露西负责保管钥匙。她是我的助理，不过我们其实更像是朋友。"

"请你告诉我们，昨天下午你在做什么，从你登上火车开始，直到阿伯丁的欢迎仪式结束的这段时间。"

"露西和我在我们的包厢里对《蜜莉姑娘》的台词，这是我接下来要在西区上映的节目①，而且……"

"你一整个下午都在自己的包厢里面吗？"

"对，直到我们抵达了阿伯丁。"塞拉微笑着说，"露西的说法肯定也一模一样。"

"她在说谎。"哈里森在玛琳耳边小声地说，"我当时看到露西在图书室里看书。"

"有一件琐碎但是有点儿敏感的事情我想提一下，"塞拉清了清嗓子，"嗯，你看……"

---

① 指在英国伦敦的西区剧院上映的戏剧。伦敦西区剧院和美国百老汇共同被称为世界最高水平的剧院代表。——译者注

"我们知道你的犯罪记录，奈特女士。"

"噢，你们知道？"塞拉的脸一下子红了起来，"我当时非常年轻，我……"

"偷窃就是偷窃，奈特女士。但是，从药房偷一支唇膏和偷一颗价值连城的钻石可不是一回事。"

"是的，当然不是。"

"没错。我觉得我的问题暂时问完了。"克莱德总探长说。

"好的，谢谢你。"塞拉站起身，开始倒退着走出包间。走到门口时，她又停了下来。"噢，还有一件事我觉得应该提一下。那个男孩，哈里森，就在我们到达阿伯丁之前，他说了一句很奇怪的话，他问王妃担不担心项链被人偷走。当时我们还在笑，但现在看来似乎有点儿奇怪，不是吗？"她说。

玛琳转向哈里森。"你这个笨蛋，"她低声说，"你说那句话干什么？"

接下来接受问询的是露西·梅多斯。"奈特女士告诉我们，你负责保管她包厢的钥匙，"克莱德总探长说，"是这样的吗？"

露西点了点头。"她的所有事情都是我在负责。我得管理她的日记、接听她的电话以及打包她的行李，"她叹了口气，"这是我的工作。"

"奈特女士还说你是一位很好的朋友……"

"我可不会让好朋友帮忙收拾自己的内衣，你会吗？"

克莱德总探长大笑一声："当然，我不会。梅多斯小姐，你有这列火车上其他房间的钥匙吗？"

"没有。"露西回答说。

"塞拉女士和王妃是朋友，对吗？"

"是的，不过她们没有塞拉自己认为的那么亲密。"露西说，"自从登上火车，我一步也没有踏进过王室车厢，塞拉也没有。"

"你确定吗？"

露西点了点头："塞拉·奈特的事我基本上都知道。"

"奈特女士告诉我们，昨天下午你们在她的包厢里对台词？"

"是的。如果你愿意，我可以把整本台词都背给你听。"

"不了，可以了。"克莱德总探长笑着说。

"露西也在说谎！"哈里森说，"她们在隐瞒什么？"

"露西不是为了保护塞拉才说谎的，这一点可以肯定，"玛琳答道，"她甚至根本不喜欢她。"

"那她为什么不说实话呢？"

"你也没说实话。"玛琳笑了，"或许她在保护某个人。"

"我说的你也听到了？"

"对。"她轻轻地捏了他一下，"谢谢你没有出卖我。"

十分钟后，兰斯伯里夫人走进了问询室，小狗特拉法尔加蹲坐在她的椅子旁边。克莱德总探长的态度非常恭敬，但她向兰斯伯里夫人提的问题和向其他人提的一样。

兰斯伯里夫人回答说，她没有王室包厢的钥匙，而且自己整个下午都待在休息室里——先是一个人，然后是和她的侍从一起谈论她心爱的几只狗。

哈里森点了点头："我看见她了。"

接着走进来的是埃森巴赫男爵，再接着是欧内斯特。他们证实了自己当时确实是在游戏室里和对方打台球。

"你说欧内斯特会不会是麦洛的同伙？"玛琳低声说。

"你为什么会这么说？"

"他以前从事的就是戈登现在的工作，他有可能还保留着自己当列车长时的旧钥匙。"

哈里森皱了皱眉头，说道："可他非常喜欢王室家族。"

"好吧，麦洛肯定有某人相助。"玛琳耸了耸肩膀，"如果那个人对火车了如指掌，那就能说得通了。"

"不过，我觉得他也可能会为了钱这么做。"哈里森回应道，"莉迪亚·皮克尔的胸针不见时，他还觉得很有趣。"

接下来，普拉特尔探长把罗文·巴克领进了包间。罗文解释说，他没有巴勒特的不在场证明，也没有阿伯丁欢迎仪式的不在场证明，因为他一直在照顾几只狗。欢迎仪式前他和兰斯伯里夫人聊了几句就去照顾狗了。

"没有不在场证明。"玛琳小声地说。

哈里森摇了摇头："但我确实看到他和兰斯伯里夫人在一起，后来我给你送烤饼的时候，他带着几只狗待在包厢里。他说的是实话。"

接下来走进包间的是麦洛·埃森巴赫。哈里森抓住了玛琳的胳膊。两人把脸都贴在了通风口的铁艺隔断上。

"埃森巴赫先生，"克莱德总探长说，"你有没有见过或者有没有办法拿到王室包厢的钥匙？"

"没，"麦洛回答说，"我没有。"

"你昨天下午上车后都做了些什么？"

"我本来是在观光车厢里看报纸，但那里太冷了。摄影师一直开着通往露台的门，所以我就回自己的包厢待着了。"

　　"整个下午？"

　　"我在阿伯丁的时候出来看了一下人们挥舞国旗，"他狡黠地笑了笑，"我爸爸让我这么做的。那个愚蠢的小玩意一砸碎我就离开了。"

"你觉得王妃的钻石是个愚蠢的小玩意？"

"它是很好看，"麦洛耸了耸肩膀，"但除此之外，它还有什么用呢？"

"他没有不在场证明。"麦洛·埃森巴赫起身离开时，玛琳低声地说，"塞拉则说谎了。"

哈里森透过通风口瞟了一眼，看到戈登走进了包间。

克莱斯总探长站起身来。"古尔德先生，谢谢你让我们在这间餐厅包间对乘客进行问询。"她指了指椅子，"请坐，好吗？"

戈登·古尔德攥紧双手，坐在了对面的椅子上。

"你有这列火车所有房门的钥匙，包括王室包厢的，对吗？"

"是的，没错。"

"火车上还有其他人有王室包厢的钥匙吗？"

"王室包厢一共有三把钥匙，"戈登说，"另外两把在王室夫妇以及他们的守卫哈德良手上。他们还没上火车时，钥匙就放在王室包厢的床头抽屉里。当王室夫妇登上火车时，守卫便会把钥匙取走。"

"也就是说，从伦敦来的路上，任何人都可能进入包厢，配一把一模一样的钥匙？"克莱德总探长问道。

"他们上车之前，王室包厢的门一直是锁着的，"戈登解释说，"我是用自己的钥匙给他们开的门。"

"其他工作人员有钥匙吗？"

"没有，"戈登说，"只有我有。"

"你的钥匙有没有离过身？"

戈登僵了一下，说道："没，没有。"

"很好。我想问询暂时可以结束了。我和普拉特尔探长会确认一下搜查的情况，今天下午还要和其他员工谈一谈。"

克莱德总探长和普拉特尔探长站起身来，跟着戈登·古尔德走了出去，留下了空荡荡的包间。

玛琳转向哈里森。"他的钥匙离过身。"她说。

"你觉得麦洛偷了包厢的钥匙？"

"不，是我。在国王十字车站的时候，我就是这样溜进包厢的。不过，我拿了抽屉里的钥匙之后，就把先前的那把钥匙还回去了。"

"玛琳！"

"怎么了？"她皱了皱眉头，"别这样看着我。"

"你拿那把钥匙做了什么？"

"我们在巴勒特的时候我就把它还回去了。"玛琳解释说。

"你离开的时候没锁门？"

"不，我锁了，然后我把钥匙从门缝底下塞了进去。"

"那么'喜鹊'一定是在你离开之后、王子和王妃上车之前进入的王室包厢。"

玛琳点了点头："而且'喜鹊'知道如何开锁。他们根本不需要钥匙。我很惊讶克莱德总探长居然没有想到这一点。"

"她肯定想到了，"哈里森说，"只有麦洛和塞拉在项链被调包的那段时间里没有不在场证明。她一定是他的同伙。"

"还有一个人。"玛琳说。

"谁？"

"你舅舅。"

# 巴蒂·莫斯

　　哈里森有些不自在地挪动了一下身子，他的右腿已经麻了。想到自己的舅舅有可能就是"喜鹊"，他的胃里一阵翻江倒海，但他很快便把这个想法抛到了脑后。他确信纳撒尼尔舅舅不是小偷。

　　"你不能留在这儿，"他说，"不如藏到我们的包厢里吧。"

　　"可是你舅舅……"

　　"他知道你的事情。"

　　"什么？！你答应过我不告诉任何人的。"

"我没有。他自己想明白的。听我说，他这个人非常聪明。再说了，他站在我们这一边。"

"是吗？"

"是的。现在，你先帮我想一想，怎么才能在不被人发现的情况下让你进入我们的包厢。"他想了一会儿，继续说道："我可以把纳撒尼尔舅舅的帽子和雨衣拿过来，让你乔装打扮一下。我们的包厢与餐车只隔了几扇门。有那么多警察在火车上走来走去，或许没有人会注意到我们。"

"这真是个糟糕的主意，"玛琳拉长了脸，"谁也不会相信我是一个男人。"

"你还有更好的办法吗？"

玛琳摇了摇头。

"那好吧。待在这儿，我去把给你乔装打扮的东西拿过来。"

哈里森钻出橱柜，回到了自己的包厢。

"你错过了看到警犬的机会。"当他走进包厢时，纳撒尼尔舅舅对他说。"警察已经搜遍了所有的包厢。"舅舅正在叠自己的衣服，"现在官方已经确认了——我们没有藏匿被盗的珠宝。"

哈里森感到如释重负，他知道自己的舅舅不是小偷。

纳撒尼尔舅舅望向窗外，推了推鼻子上的眼镜，"噢，看啊，哈尔——约克郡山谷国家公园①。"他站了起来，"这里是你外公外婆的家乡。"他叹了口气，凝视着外面起伏不平的山丘。"在我看来，塞特尔到卡莱尔的铁路线②是世界上最美的铁路线。"他回头看了看哈里森，"等我走完这一生后，我希望能够将我的骨灰撒在这里。"

"就像兰斯伯里夫人的丈夫一样吗？"哈里森走近窗口。火车此时正咣当咣当地驶上山谷上方的高架桥。他看到在山谷中有一条银色的河流。

"为什么不呢？这是里布尔黑德铁路高架桥③，有人也叫它巴蒂·莫斯。这个美妙的名字配得上它令人印象深刻的结构吧？"

看着满脸笑意的舅舅，哈里森忽然觉得很奇妙，甚至还有一丝眩晕，他仿佛看到了舅舅还是个小男孩时的样子。他深吸了一口气，说道："纳撒尼尔舅舅，我需要您的帮助。玛琳被困

---

① 约克郡山谷国家公园坐落于英格兰北部奔宁山区，英国多处著名的景区都位于该地。——译者注

② 塞特尔到卡莱尔的铁路线全长 72 英里（约 115 千米），修建于 1869—1875 年。塞特尔为英格兰东北部的一座城市，卡莱尔为英格兰西北部的一座城市。——译者注

③ 里布尔黑德铁路高架桥建于 1874 年，长 400 米，是塞特尔到卡莱尔铁路线上最长的一座桥。——译者注

在餐车的橱柜里了。"

"她怎么了？"纳撒尼尔舅舅眨着眼睛问。

"她本来藏在那里，可没想到警察会在餐厅的包间进行审问，现在她出不去了。她能躲到我们这里吗？等风波平息了就行。"

"我不确定风波会不会平息下来，"纳撒尼尔舅舅说，"这或许是玛琳坦白的好机会，她应该告诉警察她也在火车上。我相信他们会理解的。他们说不定已经知道了。"

"可是，我向她保证过，你也保证过。"

"好吧，把她带到这里来。我们下一次停下来补充煤和水的时候，我去找蒙哈吉特谈谈。他肯定也知道她躲不了多久。"

"我可以借用一下您的帽子和外套吗？"

"要这些做什么？"

"伪装。"

"你想把她伪装成什么，一个小流氓吗？"纳撒尼尔舅舅笑了起来，"没用的。"

"她又不能大摇大摆地走过来。她是火车上的逃票者，如果有人看到她，她会有麻烦的。"

　　"嗯……一般来说，最

危险的地方就是最安全的地方。"

纳撒尼尔舅舅用一根手指敲了敲嘴唇，"你

说她在橱柜里？"

　　"对，里面都是桌布和餐巾，全是餐车用的东西。"

　　"好极了，就用那些东西。"

　　"让她扮成个幽灵吗？"

　　"哈哈！你在开玩笑吗，哈尔？不是，不过我有办法了。"

　　哈里森再次回到橱柜前，确认了一下四周是否安全，然后

轻轻地敲了敲门。

　　"快，出来！"他轻声地说。玛琳跳了下来。"把胳膊向前

210

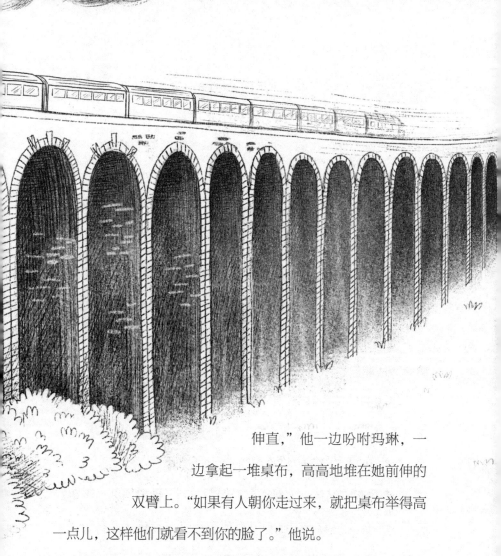

伸直，"他一边吩咐玛琳，一
边拿起一堆桌布，高高地堆在她前伸的
双臂上。"如果有人朝你走过来，就把桌布举得高
一点儿，这样他们就看不到你的脸了。"他说。

"要是有人从我背后过来怎么办？"玛琳问。

"我会站在你的身后，假装我正在看这份报纸。快走，自信
一点儿，但不要跑。走，走，走！"

玛琳连忙快步向前，把自己的脸藏在了白色的亚麻桌布的后面。哈里森跟在她的身后。餐车里没有人。他们经过厨房，进入了乘客车厢的走廊，就在这时，玛琳突然停了下来。

"有人来了！"她轻声地说，"是皮克尔夫妇！"

"别慌。"哈里森虽然嘴上这么说，但心里早已是七上八下，"继续往前走。"

"我走不过去了！"玛琳尖叫着把脸埋在了桌布里，"他们会看到我的。"

哈里森的视线越过玛琳看了一眼前方，皮克尔夫妇离他和舅舅的包厢只有两步远。

包厢的门突然打开了。"啊，皮克尔先生，"纳撒尼尔舅舅走进走廊，挡住了皮克尔夫妇，"我正想要见你呢。"

"你好呀！"莉迪亚·皮克尔微微一笑。

"警察派了两条警犬搜查了我们的东西，他们什么也没有找到，这下你应该高兴了吧！没有项链，没有耳环，没有胸针。"纳撒尼尔舅舅侧过身，小心翼翼地向哈里森做了个手势。

哈里森看懂了舅舅的暗示，连忙把玛琳推进包厢，示意她躲在门后。

纳撒尼尔舅舅皱了皱眉头又说："你之前一直指责我外甥是小偷，难道你不打算跟他道歉吗？"

"我当然不打算道歉！"皮克尔先生气呼呼地说，"现在，别挡我的路。"

纳撒尼尔舅舅和哈里森退回到包厢里，看着皮克尔夫妇走出了走廊。

"好险！"哈里森说着，关上了包厢的门。

"谢谢您，布拉德肖先生，"玛琳说，"您救了我一命。"

"我的荣幸，玛琳。你可能不记得我了，但你小时候我们见过。"

"我记得，"玛琳咧嘴笑着说，"爸爸有您写的所有的书，他会念给我听。您的书真是太棒了。"

"多谢夸奖。"纳撒尼尔舅舅笑道，"好了，我们马上就要到塞特尔补充煤和水了。我要和你爸爸谈一谈。我觉得他应该告诉警察你在火车上，玛琳。我相信所有人都会理解你为什么想要参加这次旅行。"他看着哈里森说道："锁上门，除了我，别给任何人开门。如果警察发现火车上有逃票者，那就得解释半天了。"他拿起自己的日记本和笔，"我很快就回来。"他说。

舅舅走后，哈里森锁上了包厢的门，玛琳则倒在了沙发上。"我们没有多少时间了。"她说。

"什么？"

"破解高地猎鹰号上的小偷之谜！"玛琳用手托着下巴，"一旦人们发现我在这里，他们很可能会把我送回家。如果麦洛是小偷，塞拉是他的同伙，我们必须尽快找到证据。"

"要怎么办？"

"我很高兴你这么问了，"玛琳挑了挑眉毛，"因为我想到了一个计划。"

# 第二十二章

# 悬而未决

"我以前来过塞特尔火车站，"玛琳说，"火车头必须把火车前部拖到站台以外才能补充煤和水。所有正式的仪式，包括与王子和王妃的握手，都将在观光车厢的露台上进行。所有人都会到火车的那一头去。"

"所以呢？"哈里森坐到了椅子上。

"所以，我们可以趁机搜一搜麦洛的包厢。"

"可警察已经全都搜过了，没有发现珠宝。"

"我们不找珠宝。我们去找他就是'喜鹊'的证据。说不定我们能找到一些作案工具或是计划什么的。"

"可房门肯定会上锁。"哈里森看了看玛琳的工具腰带,"你会开锁吗?"他问。

"我倒是想!我要是会开锁,就不用去戈登那儿借钥匙了。"

"可是我答应过纳撒尼尔舅舅不离开包厢的。"

"当然,你没有。"玛琳交叉抱起双臂,"你只答应了他在他离开的这段时间里会锁好门,不给除了他以外的任何人开门。而且我也没说我们要出门,我是说我们应该从窗户出去。"

"什么?!"

"很容易的。等火车驶入塞特尔火车站后,车窗不会朝着站台。没有人会看见我们,我们只要打开窗户,然后爬出去就行了。我可以用螺丝刀把麦洛的窗户撬开。"她指着自己的工具腰带说,"我们速战速决,确保在火车开出车站之前赶回来。"她等着哈里森做出回应,劝说道:"来吧,哈里森,不然克莱德总探长就会抓住麦洛,得到奖赏。可明明是我们先破的案。"

哈里森点了点头,"应该吧。"他回应道。

"好。"玛琳一下子跳了起来,"你知道哪一扇是麦洛包厢的窗户吗？"

"他就在隔壁，那边。"哈里森指了指。

"这太容易了。"

"这里好高。"哈里森说。

"所以别掉下去了，"玛琳把脸贴在了窗玻璃上，"来吧，火车已经在减速了。"

火车缓缓驶入田园风格的塞特尔车站。哈里森看到了一栋白色与樱桃红相间的建筑，屋顶和褶边装饰相得益彰，他紧张得心怦怦直跳。火车一停稳，玛琳就跳上椅子，打开窗户，将左腿伸出窗外，侧身爬了出去。

"我们走。"她轻声说着，一只脚踩住了窗户下面的金属架子。紧接着，她伸长胳膊和腿，用左手的手指勾住麦洛包厢的窗户，然后把腿往那边一荡，身体顺势跨在了两扇窗户之间。

"小心！"哈里森低声说。

玛琳从工具腰带里取出螺丝刀，撬开了麦洛的窗户。哈里森的心跳得飞快，他觉得自己都快要吐了。推开窗户后，玛琳先把手伸了进去，接着她转移身体的重心，手脚并用地翻进了包厢。她把头从隔壁的窗户伸出来，对哈里森笑了笑。

"快来，"她说，"该你了。"

哈里森站在椅子上，一只脚跨出窗户，伸手去够麦洛包厢窗户的边缘，但没有成功。

"先试着用脚去够。"玛琳轻声说。

哈里森抓住窗框，尽量把腿伸向远处。可就在这时，椅子突然摇晃了一下，他手心里全是汗，僵在那里，"我做不到，"他说，"我要掉下去了。"

"不会的。反正也就只有几英尺。"

哈里森把窗户抓得更紧了。他的手臂在不停地颤抖，"太高了！"他听出了自己声音中的惊慌，"我做不到。"

"你可以的。来，抓住我的手。"

哈里森看了一眼，玛琳的手仿佛有几英里远，他摇了摇头。

"你回里面去，我告诉你我看到了什么。"玛琳笑着说。

哈里森退回自己的包厢里面，一屁股跌坐在地板上，既觉得松了一口气，又觉得羞愧难当。他抓起速写本，把头伸到窗外，这样他就能听到玛琳的声音了。

"这里和你们的包厢是完全对称的，"他听到玛琳说，"只不过麦洛非常邋遢。"

哈里森快速地在纸上勾勒线条，画出了与自己包厢对称的图画。"把你看到的一切都告诉我。"他说。

"到处都是纸。"玛琳说，"桌子上到处都是纸，地毯上也全都是揉成一团的纸……"她不说话了，"我打开了几张纸，上面都只写了一个词或几句话，但字迹非常潦草，很像是他想写一封很重要的信，却想不出恰当的词语。"

"还有呢？"

"额……臭袜子。地板上还有一摞书——约翰·多恩[1]和E.E.卡明斯[2]的诗。他行李都还没打开——衣橱前面放了个行李袋，他的衣服就胡乱地塞在袋子里，有一些都露出来了。我看看里面……"一阵沉默，"没有，只有衣服。"

"从包厢的一个角落开始，把你看到的都告诉我。"哈里森一边说，一边画出了一个行李袋的轮廓。

"好。沙发上面的一盏壁灯上挂着一条蓝粉相间的圆点丝绸

① 十七世纪的英国诗人。——译者注
② 二十世纪的美国诗人。——译者注

围巾。麦洛的外套挂在门的后面……"

又是一阵沉默，紧接着传来一声喘息。"口袋里的纸条不见了！噢，哈里森！"她把头探出窗外，"盥洗池旁边的肥皂盒里有一只手镯，上面的东西看起来很像是钻石！"

"别碰它，"哈里森说，"跟我描述一下它的样子。"

"它是一个金色的小环，里面一颗接一颗镶嵌着许多小钻石。为什么警察搜查时没有发现这个？"

"警察带着警犬就不是来找手镯的。"哈里森说，"他们可能以为那是麦洛的……"这时，高地猎鹰号吹响了一声高亢的汽笛声，哈里森吓了一跳："玛琳，快出来。我们要出发了。"

"等一下！我忘记看抽屉了。"

"玛琳，快点。"

"这里有个手提箱。"

"别管了……玛琳？"哈里森屏住了呼吸，直到玛琳笑着从隔壁窗户露了头，他才松了一口气："别再这样吓我了。"

笑容突然从她的嘴角滑落，她转过头："有人要进来了！我得躲起来！"说完，她便从哈里森的视野中消失了。

"玛琳？"哈里森压低声音喊道，"玛琳！"没有回应。一股蒸汽呼啸而过，高地猎鹰号向前一晃，驶离了车站。

# 龙之蒸汽

哈里森把耳朵紧紧地贴在和麦洛共用的那面墙上。他本以为会听到玛琳的喊叫或麦洛的怒吼，但什么也没有听到。他从盥洗池边上拿起一个玻璃杯，把它贴在墙上，又把耳朵贴在杯子上。这时传来一声闷响和一阵急促的敲门声，他吓得向后一跳，"玛琳！"他把杯子扔到沙发上，猛地打开了门。

"哇哦！"纳撒尼尔舅舅站在走廊里，正举着手敲门。

"嗨。"哈里森把头伸进走廊，左右打量了一下。走廊里一个人也没有，麦洛的门还是关着的。

"我跟你爸爸聊过了……噢?"纳撒尼尔舅舅看了看四周,"玛琳在哪儿?"

"额……"哈里森眨了眨眼睛,他不想告诉纳撒尼尔舅舅玛琳私自闯进麦洛包厢的事情,"她在上洗手间。"

"噢,那我等她回来。"纳撒尼尔舅舅坐在了沙发上,"我还以为她很担心自己被人发现。"他说。

"她等不及了,而且所有人都去火车另一端参加塞特尔的欢迎仪式了,所以她觉得自己可以冒险赌一把。不过,我现在有点儿担心她会不会被困在洗手间里了。我去看看。"

哈里森走进走廊,随手把门关上,等了一会儿确认纳撒尼尔舅舅不会再把门打开,他才蹑手蹑脚地朝麦洛的包厢走去。

他听不到包厢里有声音。如果麦洛发现了玛琳,肯定会爆发一场争吵,她应该是躲了起来,和麦洛一起在包厢里。

"你在干什么,小鬼?"哈里森吓了一跳,皮克尔先生正朝他大步走来,"闲逛?计划偷东西?"

"我……我要去图书室。"哈里森从他身边走了过去。

"是吗?"皮克尔先生转过身,跟着哈里森,"我怎么就是不相信你呢?"

　　哈里森一边走,一边尽量保持镇定。玛琳现在被困在麦洛的包厢里,而自己又被疑神疑鬼的史蒂文·皮克尔逼着走向完全相反的方向。他真希望自己刚刚把真相告诉了纳撒尼尔舅舅。穿过餐车时,他绞尽脑汁想要找一个转身的理由,但他又不想让皮克尔先生跟着他一起走回麦洛的包厢。来到图书室后,他径直走到最近的书架前,抽出了一本书。

　　皮克尔先生也跟了进来。他瞪着哈里森,跺着脚从他身旁走了过去。"我会一直盯着你的,小鬼,"他说,"你的一举一动,我都在看着。"他在哈里森身边徘徊了一阵。

　　图书室另一侧的门在皮克尔先生的身后被缓缓地推开,"啊!"露西·梅多斯惊叫了一声,看到皮克尔先生的后背,她似乎非常惊讶。

　　"抱歉,梅多斯小姐。"皮克尔先生离开了图书室。

　　露西径直走到一个低矮的书架前,抓起一本书打开。

　　哈里森向旁边的门后退了一步,虽然很担心皮克尔先生会折返回来,但他又不顾一切地想要回去帮助玛琳。

露西深吸了一口气，"噢！哈里森！"她边说边猛地合上了手里的那本书，"我没看到你也在这里。"

"抱歉，我不是故意要吓您的。"哈里森礼貌地微笑了一下，指了指她手中的书，"好看吗？"

"什么？"

"那本书，"哈里森说，"《龙之蒸汽》。"

"噢！好看，我很喜欢龙。"

哈里森皱了皱眉头："您是说火车吗？"

"当然了！火车和龙，"露西用力地点了点头，"总之，我该走了，塞拉还在等我。"她边说边把书夹在腋下。当她从哈里森身旁走过时，有什么东西从书页间滑落，掉到了地板上。

"等等！"哈里森一边喊她，一边蹲下来捡起了那个纯蓝色的信封。可当他抬头再看时，发现露西已经不见了。

哈里森把手上的信封翻过来。封口只是别了一下，并没有密封。他怀着内疚的心情打开信封，抽出了一张折叠起来的长方形纸条，上面写着——

我亲爱的：

　　我太痛苦了。我们每天都会见到对方，却要假装不认识彼此，这实在是太折磨人了。我想告诉全世界我爱你，但我只能像绝望的男学生一样在书里给你留一张纸条。

　　看看你对我都做了些什么。我知道你觉得必须要这样，为了不被人发现，我们必须继续隐藏对彼此的爱慕。但我也想让你知道，我只要醒着，就一直在想你。

M

一阵高跟鞋的吧嗒声突然传来，哈里森连忙将纸条塞回信封，并把整个信封揣进了口袋。

"你看到露西了吗？"塞拉一边向他发问，一边推开了图书室的另一扇门，扫视了一下，她显得很生气。

"她一分钟前刚刚出去。"哈里森指了指身旁的门。

"她本来应该去帮我拿东西的。"塞拉不耐烦地说道。

"如果我看到她，我会告诉她您在找她的。"塞拉大摇大摆地从他身边走过时，哈里森尴尬地笑着说。

塞拉身后的门刚一关上，哈里森便用手拍了拍自己的脸。看来他们全搞错了。麦洛爱上了塞拉·奈特！露西一直在帮他们传递情书，所以塞拉才让露西替她说谎。塞拉当时其实是和麦洛在一起，这才是她的不在场证明。麦洛根本就不是"喜鹊"！哈里森拿出速写本，翻到抄写着麦洛纸条的那一页，又读了一遍，更加确信是自己搞错了。玛琳在麦洛包厢里看到的手镯很可能是塞拉的，那条蓝粉相间的圆点丝巾也可能是塞拉的。他得回去告诉玛琳。

他身后的门又开了。他屏住呼吸，满以为会听到皮克尔先生的声音。

228

"哈里森，"来的人是麦洛，"还在读你舅舅的书呢？"

哈里森的心猛地跳了一下。麦洛怎么会从那个方向过来？他应该在他自己的包厢里，和玛琳一起。如果他不在里面，那现在在里面的是谁？

"你没事吧？"麦洛问，"你的脸色看起来很苍白。"可哈里森没有回答，他已经冲出了图书室。

# 转动的钥匙

哈里森在餐车里一路飞奔，迎面撞上了普拉特尔探长。探长伸出手，挡住了他的去路。

"站住。"探长对他说。

"我赶时间。"哈里森说。就在这时，扩音器噼里啪啦地响了起来，戈登·古尔德的声音开始在火车里回荡。

"女士们、先生们，克莱德总探长要求所有乘客立刻到餐车集合。请大家马上过来。"

"你现在不用赶时间，"普拉特尔探长指着一个座位，"坐下。"

乘客们开始陆续走进这节车厢。

"希望是项链找到了，"男爵坐在哈里森旁边的一张桌子旁，"这样我们就可以平静地享受余下的旅程了。"

"高地猎鹰号上从来就没有无聊的时候。"麦洛说着，坐在了他爸爸的对面，脸上还带着嘲讽的微笑。

纳撒尼尔舅舅看到了哈里森，随即坐在了他的旁边。

"您留门了吧，"哈里森小声说，"给玛琳？"

"当然。"舅舅答道。

哈里森咬了咬嘴唇。如果所有人都到餐车来了，希望玛琳有机会溜出麦洛的包厢。

兰斯伯里夫人也来到了餐车，罗文跟在她的身后，牵着贝莉、香农和特拉法尔加站在了门口。

当塞拉走进餐车时，香农和特拉法尔加大叫着跳了起来。

"让它们离我远一点儿！"她尖声叫道，身子往后一靠。"呃！讨厌的狗！"她走过去坐在了车厢的另一头。

哈里森觉得自己似乎看到了露西的笑容，不过他更担心看上去垂头丧气、无精打采的贝莉，它没有像另外两只狗那样跳来跳去。

"好了，好了，姑娘们，"兰斯伯里夫人安抚道，"乖乖的，在警察们面前好好表现一下。"

"这是我经历的最不轻松的一趟火车之旅，"史蒂文·皮克尔一屁股坐在椅子上抱怨道，"你们在我的火车上可不会遇到这种事情。"

"你的火车上连个座位都没有。"欧内斯特·怀特在他身后咕哝道。

王子和王妃最后走了进来，两人脸上的表情都非常严肃。他们落座后，克莱德总探长从角落里站了起来，所有人都转过身来面对着她。

"谢谢大家来到这里，"她说，"很抱歉给各位带来了不便，但我想通知大家，虽然我们暂时还没有找到王妃的项链，但我们已经扣押了一名嫌疑人。"她的脸上闪过一丝微笑，一阵好奇的交谈声在车厢里荡漾开来。

"是谁？"莉迪亚·皮克尔问道，"你找到我的胸针了吗？"

"自从高地猎鹰号离开伦敦之后，小偷就一直在你们中间游荡，"克莱德总探长说，"项链是被一名逃票者偷走的。"

"哦不！"当所有人都在惊呼时，纳撒尼尔舅舅压低声音说

232

了一句。哈里森感到一阵恶心。

"一名逃票者！而且是在王室专列上！"兰斯伯里夫人大喊道，"这怎么可能？"

"她的名字叫作玛琳·辛格，"克莱德总探长说，"她是这趟王室专列的司机——蒙哈吉特·辛格的女儿，而这位司机现在正驾驶着高地猎鹰号前往……嗯……"

"布莱克本①。"纳撒尼尔舅舅轻声地说。

"他就是这一系列盗窃案背后的主谋。高地猎鹰号即将退役的消息让他无比绝望，失去工作又让他愤怒不已，再加上还有孩子要抚养，蒙哈吉特最终走上了盗窃的道路。他把女儿偷偷带上火车，就是为了偷取高地猎鹰号上有钱乘客的贵重珠宝。"

"这不是真的！"哈里森一下子跳了起来，"辛格先生找到新工作了，他马上就要去达特茅斯蒸汽铁路公司开火车了。"

"他们是你的朋友？"史蒂文·皮克尔冷笑道，"我早该想到了。"

纳撒尼尔舅舅试图让哈里森坐下来。

"你的证据呢？"哈里森握紧了拳头大声喊道。

---

① 布莱克本为英格兰西北部的一座城镇。——译者注

"就在这里，"普拉特尔探长说着，拿起了一个棕色的信封，用一把塑料镊子取出一个小毛绒玩具——是老鼠佩妮。

"这个玩具是在王室包厢的衣橱里发现的。"克莱德总探长说，"辛格先生已经承认了这是他女儿的玩具老鼠。辛格先生把戈登·古尔德的王室包厢钥匙给了玛琳，让她在巴勒特的时候藏进了王室包厢的衣橱中。王妃登上火车后，这个女孩就一直躲在柜子里，直到王妃换完衣服后，她才溜出来把钻石项链换成了玻璃赝品。"

一声电话铃响起来，大家都转过头去看着史蒂文·皮克尔，但接电话的却是克莱德总探长。

"喂？"她说，"你说……和我们想的一样。谢了。"她挂了电话，"现已证实，在门内侧地板上的王室包厢钥匙上发现了玛琳·辛格的指纹。"

哈里森砰的一声坐了下来。

"我的胸针呢？"莉迪亚·皮克尔问道。

"我们认为火车司机和他女儿利用他们对火车的了解将珠宝藏了起来。"克莱德总探长解释道，"我们的警犬到现在为止还什么都没有找到。不过，等火车一回到伦敦，我们肯定能找到你的珠宝。"

哈里森站起来。"玛琳绝对不会偷任何东西。"他摇着头说。

"那我相信你肯定能解释一下，为什么我们发现麦洛·埃森巴赫包厢的锁坏了，而玛琳·辛格正好就在里面。"

"我的包厢？"麦洛非常惊讶地问道。

"我们对嫌疑犯进行了搜查，没有发现任何东西。不过，你一会儿回到包厢，如果发现有任何东西不见了，请向我报告。另外，恐怕她已经把你的包厢翻得乱七八糟了。"总探长对麦洛说道。

"可是，她没有……"哈里森刚要开口，纳撒尼尔舅舅的声音便盖过了他。

"高地猎鹰号的旅程怎么办？"他用清晰的声音问道，"如果火车司机是……"

"王子希望旅程继续按照计划进行，"克莱德总探长打断了他的话，王子也点了点头，"在火车抵达伦敦之前，我们会将玛琳·辛格关在行李车厢里。遗憾的是，我们无法找人取代她的爸爸，因为有资格驾驶高地猎鹰号的人确实少之又少。他将在警察的看管下继续驾驶火车，直到我们抵达帕丁顿。我们将在那里正式起诉并逮捕他。"

哈里森张开嘴想要表示抗议，但纳撒尼尔舅舅抓住他的肩膀，让他坐下，并摇了摇头提醒他不要胡来。

"我们要求在座各位对这一切保密，直到高地猎鹰号抵达伦敦。届时，伦敦警察厅将会负责调查整个案件。"

# 静态观察

"警察搞错了！您必须告诉他们，"纳撒尼尔舅舅关上房门时，哈里森用命令的语气说道，"他们会听您说的话。她不可能偷走项链，因为我当时和她一起在发电机室里。"

"如果我们告诉他们当时你和玛琳在一起，他们就会说你在问询时撒了谎，并且认为你也有罪。"纳撒尼尔舅舅摇了摇头，"她到底在麦洛的车厢里做什么？"他问。

"找线索。"哈里森说，"我本来也要去的，但我实在不敢爬到窗户外面去。"

"好吧，谢天谢地你不敢爬窗户。不然，你们俩现在可能都会被关在行李车厢里。"

"所有事情都搞错了，"哈里森一屁股坐在沙发上，用双手捂住了脸，"麦洛根本就不是小偷。"

纳撒尼尔舅舅没有说话，他看着哈里森，等待他继续说下去。

"我们找到的那张纸条是一封情书。麦洛喜欢塞拉，但他们想要保密。露西是他们俩的媒人，她一直在利用图书室里的书帮他们传信。"

纳撒尼尔舅舅在桌子旁坐下。当火车驶进曼彻斯特①的郊区时，窗外闪过的湖泊和树木被房屋和停车场所取代。"我们几小时后将到达克鲁。"舅舅说。

一提到自己的家乡，哈里森的心就猛地跳了一下。

"考虑到发生的这一切，"纳撒尼尔舅舅望着他，"我不知道是不是应该给你爸爸打个电话，让他来接你。"

"不！"哈里森仿佛感觉整个世界都消失了。

"你原本也没想过会被卷进这件事情里面来，哈尔。你甚至

---

① 曼彻斯特为英格兰西北部的一座城市。——译者注

一开始就不想踏上这趟火车。"

"但我很高兴我来了。请不要给我爸爸打电话。"他站了起来，"我不想离开高地猎鹰号，我要走完全程。拜托了！玛琳是我的朋友，我得帮她。妈妈和宝宝已经够爸爸操心的了。求您了，纳撒尼尔舅舅。"

纳撒尼尔舅舅犹豫了一下："好吧，但不许再私自溜进别人的包厢了。"

哈里森点了点头说道："我保证。"

纳撒尼尔舅舅摇了摇头，问道："我们到底要怎么帮助蒙哈吉特和玛琳呢？"

"找到真正的小偷。"哈里森边说边把速写本拿出来，放在了桌子上，"所有的画面片段都在这里，我很确信。我们得弄清楚谁是真正的'喜鹊'。"

火车隆隆地驶过曼彻斯特郊区，在皮卡迪利车站<sup>①</sup>挥手致意的人群旁减慢了速度。哈里森和舅舅结合各自的回忆，聊起了项链被偷那天的情况。

"这样不行，"哈里森说，"我们一直在兜圈子。"

---

① 皮卡迪利车站为曼彻斯特的铁路车站。——译者注

239

"或许我们应该休息一下。我要去报道克鲁的王室欢迎仪式，你想来吗？"

"火车为什么不停在曼彻斯特举办王室欢迎仪式呢？那座城市可比克鲁大多了！"

"克鲁是非常重要的铁路枢纽，"舅舅咂着嘴说，"你住在那里，肯定知道吧？"

哈里森摇了摇头。

"它位于伦敦、曼彻斯特、伯明翰 ① 和利物浦 ② 之间。如果你把铁路想象成一张遍布全国的蜘蛛网，"舅舅举起攥着的拳头，"那么克鲁便是将它们全部连接起来的中心节点。这座城镇本身就是围绕火车站发展起来的：铁路工务段、调车场、工厂和工人宿舍。如果没有铁路，你的家乡就只剩一片田野了。"

哈里森眨了眨眼睛，虽然从小到大一直生活在克鲁，但他完全不知道这里竟然是一座铁路小镇。

"好了，你想不想去参加为你的家乡举办的派对？有蛋糕可

---

① 伯明翰为英格兰中部的一座城市。——译者注
② 利物浦为英格兰西北部的一座城市。——译者注

以吃噢。"舅舅说。

"我不能去参加派对，玛琳还被关在行李车厢里……这么说可能有些奇怪，但我想找个安静的地方坐下来画一会儿画，画画能帮助我思考。"哈里森说。

"这一点儿也不奇怪，哈尔。思考也有很多不同的形式。"纳撒尼尔舅舅边说边穿上了夹克，"你不如去观光车厢吧，你在那儿能看到派对。如果你饿了，我还能给你拿一块蛋糕。"

哈里森拿着速写本和圆珠笔走进了观光车厢，找到了一个被一种热带阔叶植物挡住了的座位。他需要让自己的大脑慢下来，而绘画能够帮他实现。他和玛琳之前一直坚信麦洛就是"喜鹊"，现在看来，这个结论下得为时过早了。他必须重新仔细地思考才行。

哈里森打开速写本，翻开空白的两页，用手掌把本子压平。高地猎鹰号缓缓驶入了克鲁。那些哈里森从小就已经看得熟悉的沙质砖块和白色铁制格架上挂满了红白蓝三色彩旗。这些熟悉的景象出现在眼前，而此时的自己却是坐在高地猎鹰号上——自己现在是在高地猎鹰号上观看着往日熟悉的世界。这使得哈里森突然产生了一种强烈的不真实感，这种感觉就像是自己坐在了时光机里一样。

外面的儿童唱诗班正在合唱《奔驰的小火车》。哈里森想起了自己的妈妈，不知道她是不是已经生下了妹妹。他闭上眼睛，满心希望她们母女能够平安。再睁开眼睛时，哈里森看到乘客们一个接一个地走下了火车。人群中响起了为王子和王妃欢呼的声音。他的手腕微微一动，圆珠笔在纸上飞快地行走：硬朗的直线条画出了克鲁的站牌，柔和的曲线则勾勒出了周围的人群。随着圆珠笔的舞动，他的思绪也像花朵一样绽放，眼前开始出现一幕又一幕的画面。

欧内斯特·怀特站在那里，手里端着一杯茶，微微弯着腰，嘴里吃着一块巴顿堡蛋糕——由四块小蛋糕组成的正方形大蛋糕。关于这位戴着半月形眼镜的老头，哈里森都知道些什么呢？欧内斯特一生致力于管理王室专列，不过现在已经退休了。他对高地猎鹰号了如指掌，也熟悉王室成员的生活习惯。他可能还保留着王室包厢的钥匙。

哈里森画了一把钥匙，旁边还有一个大大的问号。除了钱

以外，这个人似乎没有其他明显的动机。他非常喜欢蒸汽火车。哈里森笑了笑，想起了怀特为记录火车的轰鸣声而夹在餐车窗户上的圆头麦克风。这一举动现在看起来好像也没有那么奇怪了。麦克风！它一直在餐车里。要是欧内斯特刚好录下了重要的线索呢？于是，他又在欧内斯特的旁边画了一个圆头麦克风。

他抬起头看了看，接下来画的人物是露西·梅多斯——身材如同梨子形状的她正站在女子学院的横幅旁边吃着仙女蛋糕。哈里森很喜欢露西。她总是带着温暖的微笑，而且很容易脸红，但她绝对不是一个好说话的人。她

圆头
麦克风

会不会因为不想给塞拉工作而去偷项链呢？

哈里森笔下的塞拉是一个细长的长方形，豌豆大小的脑袋上长着一头蓬松的秀发。她在克鲁地方长官的身边摆好了姿势。

艾萨克被画成了一个结结实实的方块，他正拿着相机俯身为大家拍照。塞拉抓住麦洛的胳膊，把他也拖进了画面里。哈里森给闷闷不乐的麦洛画了一对半睁半闭的眼睛和一张看上去似乎在咆哮的嘴巴，他一边画一边露出了微笑——和塞拉的秘密恋情让麦洛备受折磨。"塞拉是有些爱慕虚荣，"他一边想着，一边用波浪线给她的裙子画了一排褶边，"但她为什么要偷自己朋友的项链呢？"他在心里问自己。他给站在迎接官员旁边的王妃也画了一幅速写：一个倒着的小等边三角形叠在一个大三角形的正上方，椭圆形的脸庞、长长的直发和一顶土星形状的帽子。塞拉的事业如今蒸蒸日上，她真的会为了一条永远无法在公共场合佩戴的项链而冒名誉受损的风险吗？

艾萨克的相机

皮克尔夫妇并排坐在一起，看上去就像候车室砖墙旁边的长凳上摆着的两个饺子一样。皮克尔先生看上去非常生气。哈里森把他的衬衫衣领画了出来，然后又画了一个巨大的甜菜根当作他的脑袋，用一条直线当作嘴巴。一个身家千万的企业家偷走阿特拉斯钻石会得到什么好处吗？莉迪亚·皮克尔正一口一口地吃着丈夫盘子中的蛋糕。她一头蓬松的头发，身材圆滚滚的，整个人看上去就像一串气球。她对每个人都报以微笑，说话经常不过脑子，可哈里森觉得她十分风趣、善良。她是第一个被"喜鹊"盗走珠宝的人，所以她不太可能是嫌疑人，而且以她的智商，似乎不足以策划出能够偷走阿特拉斯钻石的行动。

皮克尔先生

王子是一个正直、坚毅的人，脸上总是挂着轻松的微笑，他不可能偷自己妻子的项链。

兰斯伯里夫人站在王子身旁，她身上那件镶满了闪烁水晶的海军蓝礼服简直一尘不染。哈里森把她画成了一个钟的形状，然后把重点放在了她耳朵、脖子和手腕上垂下来的首饰上。一个如此富有的女人不太可能偷走阿特拉斯钻石，他也无法想象她会藏在王妃的衣橱里。

埃森巴赫男爵的双腿像是两棵树苗，胸部则很像一个低音谱号。他站在纳撒尼尔舅舅旁边，欣赏着高地猎鹰号。男爵是一个非常富有的人，而且他与王室家族是多年的好友。他也不太可能是嫌疑人。

然后他画的是自己的舅舅。哈里森在舅舅的玳瑁眼镜上画了一个无限循环的符号。纳撒尼尔舅舅没有不在场证明。莉迪亚·皮克尔弄丢胸针的时候他就站在她不远的地方。哈里森记得早在高地猎鹰号的旅程开始之前，"喜鹊"便在肯特男爵夫人的宴会上做过案。哈里森举起笔，把笔绕着食指转了转。纳撒尼尔舅舅会是"喜鹊"吗？肯定不是吗？

哈里森扫视了一遍纸上的这些人物，忽然意识到聚会中还

埃森巴赫
男爵

少了一个人——罗文·巴克不见了。自从巴尔莫勒尔堡的事件发生之后，兰斯伯里夫人便再也没有在公共场合把狗放出来过。她

纳撒尼尔舅舅

的侍从现在可能和几只狗一起待在车厢里。直到此时，哈里森才意识到自己还从来没有画过罗文——他总是更喜欢画狗。于是，他画了一个面无表情的人，手里拿着五根狗绳，绳子的末端是十个三角形的耳朵。

他在脑子里把每一位乘客的情况都琢磨了一遍。会是别人吗？也许是戈登？还是艾米？哈里森用手指转动着圆珠笔，最后把画里欧内斯特·怀特身边的圆头麦克风圈了起来。

或许他的录音能够提供线索。

# 声音与视觉

"怀特先生，我能跟您聊几句吗？"哈里森一直等到欧内斯特重新登上了火车才问他。

"当然了，哈里森。有什么需要我帮忙的吗？"

"您还记得您在餐车里用麦克风录的音吗？您有听过其中任何一段的回放吗？"

"我听过一部分。"欧内斯特眼里闪着温柔的光，他对着哈里森微微一笑，"高地猎鹰号的声音真是太棒了。"

列车员的哨声响起，所有的乘客都上了车，餐车的门也已关上。

"你知道吗，我每次听到火车的汽笛声，都会想起王子的爸爸。"

"真的吗？我想问您……"

"他五岁的时候，高地猎鹰号停在诺福克郡①的沃尔弗顿火车站，王子要为他的曾祖母玛丽女王送行。"

"真有意思……我想知道……"

"他问列车员能不能把哨子给他看一下。结果这小子一拿到哨子，立马用力吹了一下，火车就这么阴差阳错地开动了。可怜的列车员不得不一路小跑才跳上正在前行的火车，他的哨子也没能拿回来。"欧内斯特哈哈地笑了，"这小子！"

"您的录音机，"哈里森提高了声调，"一直都在录音吗？"

"我有两部机器，每六个小时换一次。我会先听一听录音，然后在笔记本里记下日期、具体时间以及录音来自哪一段路线。你要是来我包厢的话，我可以让你看看。"

欧内斯特轻快地走在前面。哈里森注意到，尽管年事已高，但这位列车长仍然能够让自己的身体随着火车的移动左右摇摆，

---

① 诺福克郡为英格兰东部的一个郡。——译者注

在火车上行动自如，这一点着实让人印象深刻。"您的麦克风录下了餐车里乘客们的对话吗？"他问欧内斯特。

"我并不想录下他们的声音。"欧内斯特严肃地说，"麦克风一直放在窗户外面，但有些人的声音真是大得可怕。"

"比如皮克尔先生？"哈里森咧嘴一笑说道。

"是的！那只坏脾气的狒狒毁了好几段蒸汽推动活塞的声音。"欧内斯特翻了个白眼，"他大声抱怨，不停地吹嘘格瑞莱克斯火车公司，试图让人们投资他那家糟糕的公司。"他放低了声音，说道："当他先后告诉兰斯伯里夫人和男爵，他的现金周转出现问题时，我很难不笑出声来。"

"我还以为他很富有。"

"富人也可能会有金钱方面的问题。"

他们来到了欧内斯特的包厢。老人走进包厢，坐在了沙发上。

"我很怀念我在服务车厢里的老位置。那里的地方不大，但很适合我。"

"我想着您可能从录音机里听到了什么，或许可以帮玛琳和辛格先生洗清罪名——比如一条线索之类的。"

"我可不这么认为。"欧内斯特指着书桌上的一个小小的黑色本子说,"所有东西我都记在那儿了。你要是想看的话,我可以借给你。当然了,你也可以听录音,不过那得花好几天的时间。"

哈里森拿起小本子,翻开看了看,发现欧内斯特把本子上的每一页分为了四栏:日期、时间、路线和备注。

"您有没有听到过兰斯伯里夫人的侍从说话?"哈里森问。

| 日期 | 时间 | 路线 | 备注 |
| --- | --- | --- | --- |
| 8月28日 | 上午7:30 | 福斯大桥 | 铁桥嚓嚓作响,汽笛响起 |
| 8月28日 | 上午9:30 | 接近蒙特罗斯 | 放水,重新提速 |
| 8月28日 | 上午11:00 | 迪塞德线 | 蒸汽机运行稳定 |

"你可以听到兰斯伯里夫人跟他说了两次话，但是巴克先生太安静了。我不得不说，作为一个地位如此之高的女人，兰斯伯里夫人用来形容自己宠物狗的词语真的有点儿不堪入耳。"

"谢谢，怀特先生。您帮了大忙。"哈里森说。

"只要能帮到蒙哈吉特，我都愿意效劳。他是个值得尊敬的人。"欧内斯特说着，指了指那个黑色的小本子。"我等着你把它送回来。这里面可包含了许多宝贵的信息。"他对哈里森说道。

"我答应您一定好好保管它。"哈里森朝门口走去，"您知道艾萨克去哪儿了吗？"

"阿德巴约先生肯定是回包厢拿电池去了。"欧内斯特答道。

在去往艾萨克包厢的路上，哈里森觉得自己隐约听到了一只狗在低声呜咽，于是他停下来仔细地听了听，发现是一个女人在哭。哭声是从走廊尽头的洗手间里传出来的。哈里森不知道自己应不应该敲门，但又觉得最好还是别打扰她，于是便匆匆地走了过去。

艾萨克的房门大开，他笑着跟哈里森打了声招呼。

"哈里森·贝克，"他说，"进来。我正好想见一见你。"

一张张光泽感十足的照片被金属夹子夹在歪歪扭扭横穿了整个包厢的绳子上。哈里森看到其中一张照片上的自己正怒视着皮克尔先生。

"很抱歉，我这里有些乱，"艾萨克说着，从地板上拿起一捆旧照片递给哈里森，"你能把这些拿去给你舅舅吗？他让我帮他找几张王室专列的旧照片，说是写文章要用。最上面那张是给你的。"

哈里森接过照片，看到了其中的一张黑白照片：一群人正站在停靠于巴勒特车站的高地猎鹰号前。

"这是将近二十年前王室过节的时候拍的。"艾萨克说。

年轻的欧内斯特·怀特穿着戈登·古尔德现在穿的制服，骄傲地站在最边上。他旁边是来自巴尔莫勒尔堡的格拉迪斯。照片的正中间，一个和哈里森年纪差不多大的男孩正站在那里，微笑地看着自己的祖母——女王。

"这是王子，穿的正是我那件令人发痒的夹克，打的也是我那个领结！"

"你不仅要忍受穿别人衣服的难堪，还要忍受已经过时了二十年的穿搭风格。"艾萨克笑着说道。

"那是兰斯伯里夫人吗？"

"嗯，还有她的丈夫，伯爵先生，"艾萨克说，"那是碧翠丝和特伦斯，他们的孩子。"他咂着嘴继续说道："阿伦德尔伯爵去世的时候真是太让人伤心了。他们整个家庭都破裂了。"

"怎么回事？"

"伯爵生前的生活非常奢侈，一有机会就举办奢华的宴会。他的孩子们也是如此，"他噘起嘴唇，小心地斟酌了一下用词，"他们触犯了几条法律，现在正在为他们的罪行付出代价。"

"可怜的兰斯伯里夫人。"

"她是个坚强的女人，就算是海啸也不可能把她打倒。不管怎样，告诉你舅舅，如果他还需要照片，我有的是。"

"我对阿特拉斯钻石有些疑问，"哈里森说，"您有真品和赝品的照片吗？我说不定能发现其中的区别，弄清楚它是什么时候被调包的。"

"警察也是这么想的。"艾萨克摇了摇头说，"制作这件赝品的人是个艺术家，他真的很在行。"艾萨克打开他的笔记本电脑，向哈里森展示了电脑里的一组照片："我不确定你能找到什么。不过，喏——你可以看一看。"

哈里森点击了一张自己在巴尔莫勒尔堡从黑色轿车里走出来的照片，把照片放大。随后，他开始快速地浏览这些照片，直到照片中第一次出现王妃时，他才停下来仔细察看。照片中的王妃把手放在了塞拉的肩膀上，两个人激动地看着几只萨摩耶犬哈哈大笑。阿特拉斯钻石在阳光的照耀下，散射出了彩色的光芒。哈里森接着又翻了几张，他看到了王室夫妇走进房间吃午饭的照片，还有他们进入车厢、登上火车以及在阿伯丁向人们致意的照片。艾萨克说得没错，他没有看出来任何可疑的地方——这条项链在每一张照片里看起来都一模一样。

# 真相大白

哈里森走进车厢时，窗外掠过一片什罗浦郡<sup>①</sup>奶油黄和鳄梨绿相间的农田。

"艾萨克要我把这些拿给您，说是给您写文章用的。"

"谢了。"纳撒尼尔舅舅接过照片，"你的画画得怎么样了？"

"我有了一些想法。"哈里森举起了欧内斯特的黑色笔记本，"我觉得从欧内斯特的录音里面说不定能够找到线索。然后我又顺道去找了艾萨克，想看看真假阿特拉斯钻石的照片有没有什

---

① 什罗浦郡为英格兰的一个郡。——译者注

256

么区别。"他叹了口气，略显沮丧地说道："可惜并没有。"

"这个案子有了新的进展，不过我还不知道这意味着什么。"纳撒尼尔舅舅脸色阴沉地说，"在我们离开克鲁之前，克莱德总探长拿出了一只手镯，问它是谁的。可似乎谁也不认得这个手镯，至今也无人认领。据说，警察是在高地猎鹰号煤水车的煤堆里找到的这只手镯，总探长似乎认为这就是证明蒙哈吉特和玛琳有罪的证据。"

"它看上去是不是这个样子的？"哈里森打开速写本，翻到了他画有麦洛包厢里手镯的那一页。

"是的！可是……"

"玛琳在麦洛的包厢里发现了一只手镯，我根据她的描述画了出来。"

"真是惊人的相似，"纳撒尼尔舅舅眨了眨眼睛，"那麦洛为什么不认领手镯呢？克莱德总探长在问大家的时候，谁也没有站出来认领。"

"这手镯肯定是塞拉的。他们不想让别人知道他们的关系。"哈里森低头看着自己的画，"如果玛琳在麦洛的包厢的时候，手镯也在那里，然后她被警察抓住直接带去了行李车厢，那么这

257

幅画就是她不可能把手镯藏进煤水车的证据。辛格先生也不可能这么做。"哈里森抬头看着舅舅，说道："一定是'喜鹊'把手镯放进了煤水车，这样好陷害辛格父女！我要把我的画拿给探长看看。"

"克莱德总探长不太可能将一幅无法确定绘制日期的画看作能够证明他们清白的证据，哈尔。"

"是啊，"哈里森说着一屁股坐到了沙发上，"我想也是。"他拉长了脸，在脑子里找遍了所有他能想到的线索，但仍然没有找到任何能帮助玛琳的东西。

火车欢快地驶入什鲁斯伯里①车站时，窗外飘过了一排排迎风招展的旗帜。哈里森感觉难过的情绪就像一张粗糙的毯子似的将自己包裹了起来。他非常不愿意想到玛琳被锁在行李车厢里的事情，他希望她没有害怕。

"我不擅长当侦探。"他对舅舅说。

"没有这回事，哈尔，"纳撒尼尔舅舅安慰他说，"就你到目前为止的表现来看，我觉得你骨子里就是一名调查记者。你提出了很好的问题，还注意到了重要的细节。你看到了别人看不

————————————
① 什鲁斯伯里为英格兰中西部的一座城镇。——译者注

258

到的东西。"

"但一点儿用也没有。"哈里森漫不经心地往沙发垫子上捶了一拳。

"人多力量大。"纳撒尼尔舅舅说，"不如这样，你假装我是一个陌生人，对这列火车上发生的事情一无所知，把你看到的一切都告诉我，把你的想法都大声说出来，别让它们只在你自己的脑子里打转，这么做或许能有些帮助。"

"好。"

"我把桌子收起来，我们就坐在地板上。换个地方，给大脑也换换环境。"

哈里森盘腿坐在厚厚的蓝色地毯上，把他的速写本和欧内斯特·怀特的黑色笔记本放在了面前。纳撒尼尔舅舅在他的对面坐了下来，并将一张铁路地图放在了他们之间。

"先从事实说起。"纳撒尼尔舅舅一边说着，一边拿起了他的钢笔。

哈里森注意到舅舅中指握笔的地方有一个老茧。

纳撒尼尔舅舅打开日记本。"我们到底知道些什么？"他问。

"我最先注意到的是报纸上的一篇报道，说有一个小偷在慈善晚会上偷了一枚红宝石戒指，"哈里森从速写本的最后几页中拿出了被他撕下来的报纸头条，在地板上摊开，"上面说小偷之前还偷过其他东西，而且都是在豪宅里或是豪华派对上得手的。"他看着舅舅。"然后，高地猎鹰号上的珠宝开始陆续失踪。我以为这个小偷……"他指着报上的文章，"……可能也上了火车。但也可能是其他人，或者是假冒他的人。"

　　"非常好。"纳撒尼尔舅舅将这些内容记在了自己的日记本里。

　　"我不太了解其他几起盗窃案，没法把它们联系起来，"哈里森说，"可您说您参加了肯特男爵夫人的慈善晚会，红宝石戒指正是在那儿不见的……"

　　"我确实参加了。"纳撒尼尔舅舅点了点头，

"男爵、他的儿子麦洛、塞拉·奈特及其助理露西也都参加了。皮克尔夫妇也去了，他们在慈善拍卖会上大张旗鼓地参与了每一笔拍卖，不过到头来却没买下任何一件拍品。兰斯伯里夫人简单地露了个面。艾萨克告诉我他也到了现场拍照，但我并没有看到他。那是一场相当盛大的活动。"

"火车上最早失窃的是莉迪亚·皮克尔的胸针，它肯定是第一天晚上在观光车厢里被人拿走的。"哈里森打开速写本，指着那幅画接着又说："在这之后几分钟，她就说胸针不见了。胸针要么是掉了，要么就是被'喜

鹊'偷走了。如果它是掉了，现在应该已经找到了，也就是说，'喜鹊'一定是当时餐车里的某个人。"

"当时还有谁在场？"

"全体乘客、戈登·古尔德、艾米和玛琳。"

"玛琳？"

"她当时藏在送饮料的推车里。"

"我懂了。谁不在呢？"

"罗文·巴克和火车上的其他工作人员。"

"好。"纳撒尼尔舅舅做好了记录。

"第二起案件是兰斯伯里夫人的耳环被偷了。"哈里森说，"我们只知道耳环是当天晚上从她的包厢里被人拿走的，但我们对这起案件的其他情况一无所知。"

"很好。第三起案件，也是最重要的一起——阿特拉斯钻石项链神秘失窃案。我们从警方那里得知，火车离开巴勒特后，王妃直到进入包厢才把项链取下来。"舅舅接着哈里森的话说道。

"哈德良始终守在她的门口，一直到阿伯丁。"哈里森说，"我见过他。他一直在那儿，直到她离开包厢。"

纳撒尼尔舅舅用钢笔轻轻地敲了敲自己的嘴唇："所以，把真项链换成假项链的人一定是在王妃进入包厢之前就已经藏在那里面了，而且他们肯定一直躲在里面，所以才没有被人发现。"

　　"很多乘客都有不在场证明。我看到欧内斯特和男爵在打台球，露西在图书室看书，艾萨克在观光车厢里拍照。我还看到兰斯伯里夫人在休息室里和罗文说话。噢，对了，艾米就是在那里给我送来了烤饼——这样我们就可以把她也排除在外了。"

　　"如果我们在可能偷走皮克尔夫人胸针的人员名单中，把你现在说的看到了的那些人都划掉，我们会得到什么结果呢？"

　　哈里森翻回速写本的第一幅画，在脑海中划掉了那几个从巴勒特到阿伯丁的旅途中有不在场证明的人的面孔。

　　"麦洛和塞拉没有正式的不在场证明，不过我觉得那是因为他们两个人当时在一起。剩下的四个人分别是戈登·古尔德、皮克尔夫妇……和您。"

　　"精彩！先从我开始分析。我一直很想成为一名国际珠宝大盗。"

　　"好吧，您说您当时在这儿打盹，但我在王妃登上火车之前就离开您出去了。您完全有可能跑到王室包厢，想办法打开门，躲进衣橱里面。"

"我确实有可能这么做，"纳撒尼尔舅舅点了点头，"我也完全没有不在场证明。"

"莉迪亚·皮克尔的胸针不见时，您正好离她不远。"

"这情形看起来对我不妙，是吧？"纳撒尼尔舅舅哈哈笑道，"还有吗？"

"还有那个手镯……"哈里森的声音越来越低。

"手镯怎么了？"

"您有可能闯进麦洛的包厢，拿走手镯，但您并不知道玛琳也藏在里面。然后，在我离开之后，您听说警察逮捕了玛琳，所以您趁机把手镯扔进了煤水车的……"哈里森屏住了呼吸，盯着自己的舅舅。"您完全有可能犯下所有的罪行。"他小声地说。

"那我的动机会是什么呢？"

"这个……钱？因为您不可能真的就是靠写火车的故事为生。"哈里森感到一阵难受，他不确定自己是否还想继续当侦探了。

"好极了！所以，我是头号嫌疑犯。"纳撒尼尔舅舅看上去一点儿也不苦恼，这也使哈里森放下心来。如果舅舅真的是小偷，他肯定会担心的。"现在再考虑一下其他人的情况。"纳撒尼尔舅舅说。

"嗯，史蒂文·皮克尔肯定不可能拿走手镯，因为他当时和我在一起。"哈里森看着舅舅，接着又说，"可要说偷阿特拉斯钻石，他确实有很强烈的动机。他急需用钱。"

"真的吗？"纳撒尼尔舅舅眨了眨眼睛，问道，"你是怎么知道的？"

"欧内斯特有他邀请兰斯伯里夫人和男爵投资他的格瑞莱克斯火车公司的录音。"

纳撒尼尔舅舅往后靠了靠，说道："你是一名比我还要优秀的记者！"

"但我觉得他不是'喜鹊'。您能想象史蒂文·皮克尔藏在王妃的衣橱里吗？还能够冲出去把真品换成赝品？"哈里森摇了摇头，"他无论走到哪儿都要闹出很大的动静，他的手像火腿一样粗，而且他根本不会小声说话。"

纳撒尼尔舅舅哈哈大笑起来。"说实话，我无法想象任何人一直躲在衣橱里，不过我明白你的意思。"他说。

"也不可能是莉迪亚·皮克尔。因为如果她计划要偷阿特拉斯钻石，那她怕是疯了才会先偷走自己的胸针，煞有介事地让大家都意识到小偷的存在。"

"所以说，真的，我是唯一有机会又有动机实施所有盗窃行为的人。"纳撒尼尔舅舅总结道，"下一个问题，我把珠宝藏在哪儿了？"

"我不知道。"哈里森翻阅着自己的速写本，"警察带着几只警犬仔细地搜查过整列火车。"他往后一靠，挠了挠头说道。

"不如你吃晚饭的时候再好好考虑一下？"纳撒尼尔舅舅站了起来，"我不知道你是怎么想的，但这一系列的调查工作让我觉得有些饿了。我建议我们先去餐车吃饭，在回我们自己的包厢之前，谁都不要再谈论高地猎鹰号上的小偷。"

"可如果我找不到证据证明您不是'喜鹊'呢？"哈里森紧张地问，"您不担心吗？"

"一点儿也不担心。"纳撒尼尔舅舅一边说，一边把哈里森拉了起来，"我完全相信你。走吧，我们去吃饭。"

晚饭后，哈里森换上睡衣，拿着速写本爬上床铺。艾萨克送给他的照片从本子后面掉了出来。他拿起照片看着笑了笑，很高兴自己能拥有一张高地猎鹰号的照片。他把照片重新塞回了本子里。"如果我是这列火车上的小偷，我会把珠宝藏在哪里呢？"哈里森一边想着一边凝视着窗外，火车已经驶出什鲁斯伯里，穿过交叉道口，现在正沿着威尔士巡游线向南海岸驶去。

真的阿特拉斯钻石在哪儿呢？翻阅着速写本里的画，他忽然觉得自己漏掉了一些明明摆在眼前的东西。时间随着火车轰隆隆的响声溜走了。哈里森·贝克，哈里森·贝克，铁轨传来的声音仿佛在呼喊着他的名字。哈里森·贝克，哈里森·贝克。他不能让玛琳和她的爸爸坐牢。哈里森·贝克，哈里森·贝克。他想象着好友蜷缩在行李车厢，抱着双膝的样子。哈里森·贝克，哈里森·贝克，哈里森·贝克。他看到欧内斯特正拿着麦克风试图捕捉火车的汽笛声，麦洛正在绝望地写着情书，纳撒尼尔舅舅戴着手铐，贝莉忧伤的蓝眼睛，塞拉·奈特偷了克莱德总探长的口红，但克莱德却正忙着和老鼠佩妮玩耍而没有注意到……

"醒醒，哈尔。"纳撒尼尔舅舅轻轻地晃了晃他，阳光透过窗户照了进来，"早上了。"

"噢不！我不该睡觉的。"哈里森猛地坐直了身子，掀开被子。他的速写本掉在了地上，本子里的内页也被胡乱地折在了一起，"没时间了。我们今天就要到伦敦了。"他着急地说道。

"冷静点。"纳撒尼尔舅舅看了看左腕上的一只手表，"我们还有整整九个小时才会抵达帕丁顿，现在是纽约的凌晨三点。世界上还有人在睡觉。"

哈里森扭动着脱下睡衣，穿上了牛仔裤和T恤。

"我们在斯旺西①，火车马上就要掉头了。"纳撒尼尔舅舅走到盥洗池边，往自己的脸上拍了些水。当他用毛巾擦脸时，有人敲响了房门。他戴上眼镜，走过去开门。

艾米端着一个巨大的银质托盘站在门口。"早餐！"她欢快地说着，走进包厢，将托盘放在了桌上。

"我们没有点早餐。"纳撒尼尔舅舅说。

"哈里森·贝克的煮鸡蛋，纳撒尼尔·布拉德肖的熏鱼和吐司，还有一壶咖啡和一杯橙汁。"艾米说着，掀开了托盘的银盖子。

---

① 斯旺西为威尔士南部的一座城市。——译者注

268

"嗯，看起来确实很不错。"纳撒尼尔舅舅俯身凑近托盘，闭上眼睛闻了闻味道。

艾米瞪大眼睛直直地看着哈里森。她盯着煮鸡蛋，然后又回过头来看着他，朝他微微点了点头，接着便急急忙忙地离开了。

"真奇怪。"纳撒尼尔舅舅一边说，一边用叉子挑起一块熏鱼，放到了吐司的一角上，然后塞进了嘴里，"嗯，好吃。"

哈里森端起煮鸡蛋放在了自己的膝盖上。两个煮鸡蛋放在两个小小的蒸汽火车蛋杯里。他敲开其中一个鸡蛋的顶部，看到了一个非常明亮的溏心蛋黄。他顺手把银匙倒扣在第二个鸡蛋上，没想到蛋壳居然破了——这个蛋是空心的。他皱起眉头，举起蛋壳，在里面发现了一张卷起来的纸片。

"我的蛋里有一张纸条！"他喊道。

正在倒咖啡的纳撒尼尔舅舅停了下来："你说什么？"

哈里森打开纸条，在心里默读了起来——


哈里森：

　　麦洛不是"喜鹊"。我躲在沙发底下时，有人闯进了他的包厢。他们走后我也想出去，但警察在走廊里。他们把我锁在行李车厢里，还录了我的指纹。他们说我爸爸会进监狱。你得帮我。我开始害怕了，而且这里有什么东西的味道特别难闻。

玛琳

"哈里森？你没事吧？"舅舅问他。

那些杂乱无章的线索，原本就像游乐场里的孩子们一样散落在四处，现在哨声响起，它们正以不同的方式聚集在一起。现在的情形就像许多线条聚拢在一起，纵横交错，各有交点，构建出了不同的形状。现在都能说得通了。哈里森看了看舅舅。

"我知道是谁干的了。"他对舅舅说。

第二十八章

# 逮捕罪犯

"我得去找玛琳。"哈里森穿上套头衫,双脚伸进运动鞋里,抓起了速写本,"别想阻止我。"

"我也没想那么做。"纳撒尼尔舅舅说,"但是王室车厢、行李车厢和驾驶台现在都有警察把守,他们不会让你过去的。"

"我必须试一试。"

"我跟你一起去。"纳撒尼尔舅舅一口喝光了咖啡,站了起来。

"如果您跟我一起去,我的计划就行不通了。"

271

"噢，好吧。"纳撒尼尔舅舅重新坐下，看上去有些垂头丧气，"行吧，如果需要我做什么……"

但哈里森已经跑向餐车了，他偷偷地往餐车里看了看，克莱德总探长正背对着门坐着。他悄悄地走进了又热又吵的厨房，艾米正站在咖啡机旁。

"你来这里干什么？"艾米一边说着，一边把起泡的牛奶倒入一个银壶里。

"我得去找玛琳。"哈里森说。

艾米摇了摇头，说道："不可能。"

"你就可以。你还给我带了张纸条。"

"我可以给她送早餐、午餐和茶，"艾米说着，把银壶拿开，用一块布擦了擦壶嘴，"但有一位警官一直监视着我的一举一动。今天早上，我给她拿了煮鸡蛋。她把纸条放进鸡蛋里，对我眨了眨眼。我看了纸条的内容，然后才把它带给了你。"

"你真是一位好朋友。很多大人都不会这么做的。"哈里森说。

"谁想当大人呢？"艾米耸了耸肩膀，"反正我肯定不想。"

"我想我能证明玛琳和她爸爸是无辜的了，但我必须进入行

272

李车厢。还有别的方法进去吗？"

"没了，他们从车厢外侧的门把行李装进去，但那扇门一路上都是锁着的。唯一可以进去的门就是内侧门，但普拉特尔探长就守在那个门的旁边。"

"看来只能用备用计划了。"

"什么备用计划？"

哈里森大步走到克莱德总探长坐着的桌子前面。她抬起头看着他。

"有什么可以效劳的吗？"她问。

哈里森向前伸出双手，"我是来向您坦白的。我是玛琳·辛格的同伙。我们一起偷了项链，我要自首。您必须马上逮捕我。"

"真的吗？"克莱德总探长噘着嘴唇问，"好吧，这件事情非常严重。跟我来。"

她抓着哈里森的手腕，领着他走出了餐车。哈里森的心跳得飞快，他暗暗庆幸自己的计划成功了。克莱德总探长突然停下了脚步。当哈里森发现自己撞在她身上时，她已经敲响了哈里森包厢的房门。

"你的外甥在做蠢事，布拉德肖先生。"纳撒尼尔舅舅打开门时克莱德说，"他跟我说了一大堆胡话，说他自己是共犯，还想立刻被警察逮捕。"她松开了哈里森的手腕。"我喜欢听笑话，但这个男孩似乎不明白事情的严重性。"她冷冷地瞪了哈里森一眼，"如果你真想被捕，我会安排一辆警车在下一站等着，我们一到站就把你送进监狱。"

"天哪，我很抱歉。"纳撒尼尔舅舅说，"他被关在火车上太久了，可能得了幽居病。这种事情不会再发生了。"

"千万别再做这样的事情了。"克莱德总探长盯着哈里森，"如果我在行李车厢附近抓到你，我就亲自把你扔下火车。"

纳撒尼尔舅舅关上门，旋即转过身来，说道："哇，这一招真是大胆。"

哈里森叹了口气："艾米说从火车里面不可能到达行李车厢，那里守卫森严。"他走到墙上挂着的火车路线图前。"我们要在什么地方停下来补煤加水吗？"他问舅舅。

"布里斯托尔①，"纳撒尼尔舅舅回过头指着路线图说，"我

---

① 布里斯托尔为英国西南部的一座城市。——译者注

274

们会在坦普尔米兹车站① 补煤加水，然后转入大西铁路回到伦敦。"他的手指沿着路线在移动。"我们要穿过博克斯隧道②——一条很长的隧道，还要跨过霍恩克利夫高架桥③……"

"我们要在布里斯托尔待多久？"

"会待好一会儿的，那会是回伦敦之前的最后一次正式宴会。怎么了？你在计划什么？"

哈里森看了看路线图，深吸了一口气，回答道："我想我能证明玛琳和辛格先生是无辜的，但我需要帮助。"

"没问题，哈里森。你需要什么？"

哈里森说出了自己的计划，纳撒尼尔舅舅听得瞪大了眼睛。

"行李车厢只能从外侧进入，"哈里森最后说，"我必须在布里斯托尔完成这一步。"

"但是，不会有人让你靠近火车那头的。"纳撒尼尔舅舅说，"他们会像老鹰一样守着那里。"

"也许吧，"哈里森笑着说，"但有一个人可以靠近那里。"

① 坦普尔米兹车站为布里斯托尔的火车站名。——译者注
② 博克斯隧道为英国大西铁路上的一个隧道。——译者注
③ 霍恩克里夫高架桥为横跨布伦特河谷的一座高架桥。——译者注

高地猎鹰号喷着蒸汽，得意扬扬地从布里斯托尔坦普尔米兹火车站的宏伟拱门下驶过。当它终于缓缓靠边时，一旁围观的人们纷纷挥手欢呼起来。

"这个车站真漂亮。"艾萨克一边说，一边在观光车厢的露台上拍了张照片。

"这是伊桑巴德·金德姆·布鲁内尔①设计的第一个火车站，"哈里森说，"他主持建造了英国大部分铁路。我从我舅舅的书里读到的。"

"你跟布拉德肖简直一模一样，是不是？"艾萨克说，"好了，拿上那个三脚架，我们走。"

① 19 世纪英国著名的土木工程师，以建造桥梁和船舶而闻名。——译者注

火车停稳后，艾萨克跳上了站台，哈里森也连忙跟了过去。艾萨克开始四处抓拍照片，高调地拍下了火车的车厢、人群和火车站雄伟的建筑。

"有个助手真是太棒了。"艾萨克拿起挂在哈里森脖子上的照相机，"可以把那个镜头递给我吗？谢了。你要是想找份工作的话，让你舅舅打电话给我。"

他们两个人一边沿着站台向前走，一边像配合默契的搭档一样忙了起来：哈里森安装三脚架，艾萨克调整相机，固定镜头。很快，闪闪发光的红色火车头便进入了相机的取景框。美丽的 A4 太平洋型蒸汽火车在八月骄阳的照射下熠熠生辉，艾萨克举起相机拍下了这一瞬间。

哈里森看见乔伊走在锅炉旁检查火车头。

"我们能往乔伊那边走一点儿吗？"哈里森低声地问。

"当然可以了。"艾萨克大步向锅炉工走去，边走还边拍了不少照片。一位女警察上前挡住他们的去路。艾萨克放下了相机，"恐怕王室不希望官方照片中出现警察。"他抱歉地笑了笑后又说，"我要抓拍锅炉工检修火车头的样子。这是他最后一次检修了，我需要拍到那张照片。"

女警察退到一边，艾萨克向锅炉工走去。哈里森急忙跟了过去，他瞥了一眼站在驾驶台上的玛琳的爸爸，一名警察将他与自己铐在了一起。

"布雷先生，你不介意我给你拍张照片吧？"艾萨克喊道。

"不介意，"乔伊答道，"你做你的工作，我做我的。"

"哈里森，把佳能5D相机给我。"

哈里森从脖子上取下相机，走到艾萨克面前，并设法站到了离乔伊不到一米的地方。

"乔伊，"哈里森压低声音急促地说，"我知道是谁拿走了项链，但我需要证据。"

艾萨克用手持设备检查了一下光线，然后用手比画出取景框的样子。女警察的注意力从哈里森的身上移开了。哈里森看起来几乎是一动不动地站在那里，就连嘴唇都似乎没有动过。

"嗯……嗯……"乔伊嘟囔着，用一块油乎乎的破布擦着金属曲柄。

"我要为辛格先生和玛琳正名。"

乔伊看着他，那张布满煤灰与皱纹的脸上有一双清澈的蓝眼睛。"他没希望了。"他声音有些嘶哑地说道。

"我需要的证据和玛琳一起被关在了行李车厢里。"哈里森朝女警察瞥了一眼，不过她正注视着艾萨克。"我试着去行李车厢，可那里戒备森严。有没有办法从外面进去？"他问乔伊。

乔伊摇了摇头。

"天窗呢？"

乔伊眉毛一扬，"你肯定是疯了。"他说。

"我肯定能进去的，我肯定能。"

乔伊弯下腰，这样一来他的脸就被遮住了。

"有一个梯子可以爬上服务车厢的一侧，可以从火车顶部过去。小伙子们经常这样来清洗车厢。你可以从煤水车的过道那里上去……但是，哈里森，你绝对不能在火车行驶的时候爬上去——你抓不稳的，这太危险了。"

"如果在火车行驶得非常缓慢的时候呢，比如通过车站的时候，巴斯 ① 车站？"

"我想……那有可能。"

"那就告诉辛格先生，经过巴斯车站时，尽可能放慢速度，

---

① 巴斯为英格兰西南部的一座城市。——译者注

279

时间拖得越久越好。"

乔伊还没来得及说服他不要这么做，哈里森已经转过身去了。他把另一个照相机递给艾萨克。"艾萨克，我得到煤水车的过道上去。您能带我去火车头边上吗？"他问。

艾萨克点了点头："待在这儿，等我叫你。"说完，他便跟着乔伊走了过去，看着锅炉工调整着一条蜿蜒向上，连接到水箱里的巨大软管。"噢，老天哪！"艾萨克一边喊，一边摇晃着相机。"哈里森！"他扭头叫道，"没电了，我需要一块新的电池。"

哈里森顺从地跑到艾萨克的面前，从黑盒子里掏出一块看起来像是电池的东西递给了他。艾萨克把挂在哈里森脖子上的两个相机都拿了过去，挂到了自己的脖子上。接着，他靠在煤水车上，四处张望，同时把电池装到了相机里面。

"没人了。"艾萨克小声地说，"去吧，快！"

哈里森身子一缩，钻进了火车头和服务车厢之间的空隙，悄悄溜进了漆黑的煤水车过道。

# 第二十九章

# 整装待发

　　煤水车的过道里一片漆黑。哈里森能听到水灌进水箱的哗哗声。一想到自己马上就要做的事情，他的心怦怦直跳。昨天，光是想到要爬出窗外，他都害怕得恶心。可今天，他将不得不爬上一列正在行驶的火车顶部。

　　"今天不一样了，玛琳需要我。"他在心里对自己说。

　　纳撒尼尔舅舅说过，高地猎鹰号抵达巴斯车站大约还需要十五分钟。他现在只能暗暗希望没有人在这段时间里穿过煤水车的过道，否则他就可能会被抓住。水流动的声音停止了，接着是一阵很大的响声，水管被从水箱里拔了出来。哈里森咽了一口唾液，抖了抖左腿，试图让自己猛烈的心跳声平稳一些。

"我不会掉下去的，"他告诉自己，"辛格先生会放慢速度的。我能抓紧的。"他的心怦怦直跳。"我能行。我可以做到。"他反复地对自己说。

黑暗之中，时间仿佛没有尽头。哈里森真希望自己现在能有一块手表。他怎么知道火车什么时候快到巴斯了呢？他想自己必须默默地按照秒来数数才行。他感到胸口一阵发紧。当高地猎鹰号喷出一股蒸汽时，一阵震动传遍了他的全身，煤水车也晃动着开始向前。火车转向时，他脚底下的车轮发出吱吱的响声，火车就这样驶离了布里斯托尔。

随着车速缓缓提升，煤水车也开始左右摇晃了起来。哈里森把身体紧紧地靠在车厢壁上，手心里全都是汗。他想象着自己抓着梯子时手心打滑的样子，就连忙在裤子上擦了擦手里的汗。他在过道里左右摇晃，感到在黑暗中真的很难保持身体平衡。

他在心里数着数，计算着时间。到了大约十五分钟的时候，哈里森拉开了煤水车厢的后门，树木和铁轨从他眼前疾驰而过。

他看了一眼梯子，它就在服务车厢车门的右边。如果艾米说的没错，服务车厢另一扇门的那头就有一名警察。他的声响不能太大，必须格外小心。由不得自己多想，他轻轻一跃，跳过了两节车厢之间的空隙，同时伸出右手，抓住了梯子的横档，整个人紧紧地贴在了梯子上。他如释重负地呼了一口气，然后便开始往上爬，一级接着一级，越爬越有信心。

在车厢顶部，梯子弯折后沿着天窗的方向向前延伸。哈里森试着继续往车顶爬，可他的肩膀刚刚超过车顶，呼啸的大风便将他用力地摁向车顶，他就像被恶霸从背后推了一把似的，脸朝着车顶扑了下去，他感觉到自己的身体失去了平衡。他笨手笨脚地抓住梯子。风从他耳边呼啸而过，他拼命地把梯子抓得更紧了。

好不容易到了车顶上，他却一点儿也感觉不到火车减速了。他盯着白色的车顶喘着气。"你做得很好，"他对内心正怦怦直跳的自己说，"冷静下来。"他小心翼翼地伸出左胳膊去够梯子的横档，在两节横档之间摸索，直到左手能够稳稳地抓住其中的一节横档。接着他伸出右手，松开了自己的腰带，把它穿过梯子的一节横档后又再次系回到自己的裤襻上。哈里森稳

　　稳地固定在了那里，他可以松开
手了。与此同时，火车驶过一座城镇的郊
区，轨道两侧出现了许多房屋。

　　哈里森抽出左臂，开始慢慢向前挪动。他先用双脚蹬着梯
子将身体往前推，直到腰带完全绷紧为止。然后他重新伸展胳
膊，解开腰带，伸直双腿，把腰带固定在下一个横档上。他就

像毛毛虫一样，一节一节地向前爬去。他想到电影里的英雄们总是在疾驰的火车顶上奔跑，现在想来，他们显得非常可笑。

天窗沿着车顶均匀地排列。从第一个天窗可以俯瞰发电机室，从第二个望下去则完全是黑的。哈里森的胳膊疼得厉害，止不住地发抖。他在煤灰和烟雾中眯起眼睛，咬紧牙关，又向前移动了一节横档，黄色的外套在他身上被风吹得快速地舞动。他环顾四周，寻找他们快要抵达巴斯的迹象。

这一段铁轨修建在高高隆起的路面上，和旁边房屋的屋顶高度相当。树木和电线杆飞快地向后方掠过。一座房屋楼上卧室窗户里的一个孩子发现了哈里森，伸手指了指，然后很快就被火车抛在了后面。他又向前移动了一节横档。火车尖锐的汽笛声差一点儿让哈里森没抓稳。汽笛吹响了一次、两次、三次……然后又是一阵长鸣。他回头一看，火车正在驶向一个车站。这个车站太小了，不可能是巴斯！而更令他感到惊恐的是，车站有一座低矮的天桥。

"不要看，别看就行了。"他一边这样告诉自己，一边闭上眼睛继续向前爬。第三个天窗似乎非常遥远，但他必须在火车抵达天桥之前爬到那里。他解开腰带，放弃了稳步前进的打算，拖着身子一节一节地向前移动，尽量不去想自己可能会抓不住横档的情况。终于，他来到了第三个天窗的旁边。透过窗户，他看到了玛琳的头顶。她正用双臂环抱着膝盖，坐在一堆手提箱上。他砰砰地敲了敲窗户。玛琳抬起头，看到他时一下子跳了起来，眼睛瞪得像小碟子那么大。

"快帮忙！"哈里森用嘴形比着说。

玛琳跳到车厢的另一头，把手提箱一个接一个地扔在地上，并把它们摞在了一起。然后，她爬上箱子，来到了天窗下，尽可能地往上够，她拨开了一个窗钩，往里拉开了窗户。

哈里森连忙向前伸出双臂，紧紧抓住窗户的底部，身子爬进了窗户里面。随着汽笛的一声呼啸，哈里森一头栽到了行李车厢的地板上，火车也从天桥下方疾速驶过。

# 行李车厢

"啊啊啊啊。"哈里森落地后气喘吁吁地呻吟着。

玛琳伸出双臂搂住了他。"你来了！你来了！"她惊喜地说。

他喘了口气，试着坐起来问道："你在做什么？"

"抱你。"玛琳松开了他，"你收到我的纸条了？发生什么事了？你闻到那个味道了吗？这里好臭。"

哈里森感觉火车现在慢得像在爬行一样，"噢，太棒了，我们现在要到巴斯火车站了。"他低声抱怨道。他估算错了时间，险些害死了自己。

随着砰的一声巨响，玛琳使劲推了他一下。回过神来时，哈里森发现自己躺在地上，一堆箱子压在了他的身上。

"这里是怎么回事？"透过行李堆上的一个缺口，哈里森瞥见普拉特尔探长正站在行李架的另一边发问。他连忙屏住了呼吸。

"有几个箱子倒了。"玛琳说着，走到围栏前，把脸贴在了上面。"请让我离开这里，"她恳求道，"我保证做个好孩子。"

"抱歉，这是总探长的命令。"

玛琳吐了吐舌头。普拉特尔探长哼了一声，离开了。

"你们总探长糟糕透了！"玛琳喊道。

哈里森听到车厢的门被关上了。

玛琳推开他身上的箱子："对不起，我没有伤到你吧？"

哈里森全身疼痛，但并不是因为箱子。他摇了摇头。

"你爬上了车顶！"玛琳的脸上充满了敬畏的表情，"就像动作片里的大英雄一样。那可太危险了。"

"是吗？"哈里森感到一阵恶心。

"是的！火车在移动的时候，我可不敢那么干。"

"我拿到了你的纸条。"哈里森感到有些头晕，他想让玛琳不要再说话了。他并不觉得自己是个英雄。他感觉自己现在很有可能会吐出来。"我想我知道是谁偷了项链。我要把你弄出去，给你爸爸正名。"他说。

玛琳向后靠坐在自己的脚跟上，咬着下嘴唇。"真的吗？"她眨了眨眼睛，忍住了眼泪说道，"你要是没把握，肯定不会这么说的，对不对？"

哈里森摇了摇头，又一次被扑过来想搂住他的玛琳推倒在地。

"哎哟！下去！"

"谢谢你，谢谢你！"玛琳开心地摇晃着他，"你是我这辈子最好的朋友。我欠你一大份人情。"她退了回去，忍不住说道："你的宝贝妹妹真是幸运。你肯定会是一个特别好的哥哥。不过下一次，你的动作能快一点儿吗？"

哈里森哈哈大笑起来。

"好了，跟我说说我们要做什么。"玛琳站了起来。

"这味道是从哪里来的？"哈里森问道。

"那边，"她指着一个单独放在角落、上面有两个金色搭扣的褐色手提箱说，"我尽可能把它放远了。"

哈里森跪在箱子前面。"它

锁住了。"他说。

"对，"玛琳皱起鼻子

说，"谢天谢地。"

"我们得把它打开，"

哈里森说，"你能用你

工具腰带里的工具把它打

开吗？"

"他们把我的工具拿走了，不过……"

玛琳抬起靴子，用鞋后跟狠狠地踩向第一把锁。金色的搭

扣应声弹开了。然后，她又如法炮制地打开了第二把锁。哈里

森掀开箱子的盖子，觉得自己的胃里一阵翻滚。虽然他马上合

上了箱盖，但一股令人作呕的恶臭还是弥漫了出来。

"咦！"玛琳用毛衣捂住了自己的嘴巴和鼻子，"那是什

么？真恶心！"

手提箱里全是一个一个扎紧了封口的黑色小袋子。哈里森

用袖子套住手指，小心翼翼地用手指捏住一个袋子举了起来，

"这是狗拉出的粪便。"他说。

"狗的粪便？"玛琳惊讶地说。

"这样一切就说得通了。"哈里森边说边看了看袋子上的标签，"现在我们知道王妃的项链在哪里了。"

"是吗？"

"快，我们需要把这些粪便放到一个新的手提箱里，我们需要一个能关起来的箱子。"

"为什么？"玛琳看上去吓了一跳。

"我们要把它们带走。"

"你疯了，"玛琳边说边四处寻找能打开的手提箱，"你为什么要把粪便带走？"

"我一会儿再跟你解释。"哈里森打开一个蓝色的小手提箱，把里面的衣服抖落到地板上，"快，我们把东西换过来。"

"咦！"

"快点！"哈里森压低声音喊了一声，"我们随时都有可能进站。"

为了不让自己呕吐出来，他们迅速地把一袋袋狗粪放进了那个蓝色的箱子里。

"现在，把你的靴子脱下来。"哈里森说。

"你是不是疯了？"

"赶快。"

玛琳坐在地板上，解开鞋带，一把脱下了靴子。哈里森则在旁边把手提箱摞了起来。

"把你的靴子在箱子后面露出来，这样看起来就像你坐在箱子后面一样。"

这时门口忽然响起了一阵钥匙转动的声音。哈里森连忙让玛琳拿好那个蓝色的箱子，他自己则弯下身子，一只手抓起一个大箱子，另一只手拉着玛琳，来到了行李架的门口，与玛琳一起躲到了那个大箱子的后面。

"吃饭了！"艾米推着一辆盖着白色桌布的银色送餐车走了进来，她身旁跟着普拉特尔探长。

哈里森透过箱子的缝隙看到探长从腰带上取下了一把系着钢丝的钥匙，打开了行李架的门。

"啊，看哪，她在生闷气呢！"艾米指了指玛琳的靴子说道。

普拉特尔探长哼了一声。"傻孩子。"他说。

艾米端起那盘食物，"别担心，"她说，"我只要一分钟就能让她乖乖吃东西。"

"我不能让你单独和她待在一起，"普拉特尔探长摇了摇头说，"这是总探长的命令。这个傻孩子可能会动粗。"

"啊，"艾米笑了笑，"你怕一个十二岁的小孩子伤害我？真贴心。"

哈里森把玛琳向前推了推，他把一根手指比在嘴唇上，示意她趴在地上。紧接着，他又竖起一根手指，仔细地听着。

高地猎鹰号发出一声刺耳的汽笛声。随着火车进入隧道，车厢里陷入了一片漆黑。

"手推车！"哈里森低声地说，他的声音几乎被黑暗中的汽笛声给淹没了，"快！"

玛琳往前爬去，哈里森则拿过那个蓝色的箱子，紧紧地跟在她的后面。玛琳掀开盖在餐车上的桌布，很快钻了进去。她把膝盖蜷到下巴底下，尽可能地给哈里森腾出地方。哈里森抱紧那个蓝色的手提箱，倒着退了进去。里面虽然很挤，但刚好可以藏得下他们两个人。哈里森刚把桌布拉下来，车厢里就再次亮了起来，火车飞快地驶出了隧道。艾米把食物送到玛琳的靴子旁边，装模作样地说了几句话，看上去就好像玛琳真的坐在那儿生闷气一样。玛琳透过桌布的缝隙看到了这一切，她对哈里森竖起了大拇指。不一会儿，艾米推着手推车走出了行李车厢，探长又重新锁上了车门。

"你们在下面没事吧？"等他们离开有一段安全距离后，艾米小声地问道。

"你真是太棒了，艾米，"玛琳低声回应说，"还有你，哈里森，能那样利用博克斯隧道，你可真是个天才。"

"纳撒尼尔舅舅说那曾经是世界上最长的隧道，"哈里森小声地说，"我觉得它能给我们争取到足够的时间。"

经过厨房时，艾米暂时停住了手推车。

"你准备好了吗，戈登？"她问道。

"现在？"戈登回应道。

"对，现在。"艾米说着，重新推动了手推车。

"怎么了？"玛琳用嘴形比着说。

哈里森把一根手指放在嘴唇上，微微地笑了笑。

艾米推着手推车穿过王室车厢，他们从哈德良身旁经过后进入了乘客车厢。这时，火车上的广播响了起来。

"请所有乘客立刻到餐车集合。"戈登的声音从广播里传了出来,"我再重复一遍:请所有乘客立刻到餐车集合。"

哈里森听到一扇门打开的声音。

"那个探长又找我们干什么?"塞拉抱怨道。

"或许她找到项链了。"露西说。

"太好了。我等不及要从这列火车上下去了。"

"别挡路,女人!"史蒂文·皮克尔朝艾米吼道。

"恐怕我也动不了,先生,"艾米回答说,"我前面还有人呢!"

听着高地猎鹰号上乘客们的抱怨,两个孩子相视一笑,看来谁也不知道他们就藏在手推车的下面。哈里森从桌布的缝隙往外瞟了一眼,发现艾米已经把手推车推进了餐车,停在了餐车包间的旁边。

"这是什么意思,克莱德总探长?"史蒂文·皮克尔咄咄逼人地发问。

"我正要问同样的问题,"总探长高声地说,"不是我召集大家过来的。"

"什么?"车厢里响起了一阵惊呼声,"那是谁?"

哈里森从手推车的桌布下面钻了出来，往前迈了几步，"是我。"他说。

史蒂文·皮克尔气呼呼地站起身来，准备离开，但纳撒尼尔舅舅把他摁回了座位上。

"我觉得你应该留下来，听听哈里森要说什么。"

"我知道小偷是谁了，"哈里森说，"我知道是谁偷了胸针、耳环、手镯以及王妃的钻石项链。"

"我们都知道，"麦洛·埃森巴赫说，"是火车驾驶员和他的女儿。"

"不，不是的，"哈里森摇了摇头，"真正的小偷就在这个车厢里。"

第三十一章

# 轨道的终点

"好吧，这还真是出人意料。"布丽奇特·克莱德总探长冷冷地对哈里森笑了笑，"你比一整队警察都聪明，是不是，小伙子？"她坐了下来，嘴里说道："好，说吧。既然你把我们都叫来了，那我们洗耳恭听。"

车厢里安静了下来。哈里森伸手握住了他的圣克里斯托弗像章。

"我当初登上高地猎鹰号时，曾在报纸上读到一篇文章，说有个小偷在上流社会的派对上偷珠宝。"他看了看莉迪亚·皮克尔，"然后，皮克尔太太的胸针就不见了。"她向他眨了眨眼睛。

"我认为这两起盗窃案可能有联系，因为火车上的每个人都来自上流社会。"哈里森说，"在搜寻小偷时，我发现空空如也的王室车厢里藏着一个逃票者。我就是在那个时候见到了玛琳——火车驾驶员的女儿。"

"和探长说的一模一样。"史蒂文·皮克尔大声地说。

"玛琳和我成了好朋友。我告诉了她珠宝窃贼的事情，并决定我们两个人一起破案。特别是后来得知阿特拉斯钻石项链也被偷了的时候，我们更坚定了要合作破案的想法。我们的第一个嫌疑人是麦洛·埃森巴赫。"

所有人齐刷刷地扭过头盯住麦洛，他看上去显得非常吃惊。

"我们想不明白他为什么会在火车上。他并不是蒸汽火车的狂热爱好者，而且他看起来并不开心。胸针被偷时，他就在观光车厢里。之后，史蒂文·皮克尔想要搜查我的包厢时，我又看到他把一个闪闪发光的东西藏进了口袋。他甚至还告诉警察，阿特拉斯钻石项链被盗时，他并没有不在场证明。"哈里森看着麦洛，真心实意地说，"我为自己有这样的想法感到很羞愧，但我们都觉得您嘴唇上的疤让您看起来很像个坏人。对不起，我们不该以貌取人。"

"所以，他是小偷？"史蒂文·皮克尔转向麦洛。

"不，他不是。"哈里森摇了摇头，"他之所以没有向克莱德总探长提供不在场证明，是因为他在保护某个人。"

麦洛脸上的表情一下子僵住了，"是吗？"他问。

"抱歉，麦洛，"哈里森低头看着地板，"我在图书室时，捡到了你夹在书中的信。"

"信？什么信？"埃森巴赫男爵问道。

"啊，这个嘛，我就知道早晚有一天藏不住的，"麦洛叹了口气，"我本来是准备告诉您的，爸爸，等我们下了这列讨厌的火车。"

"告诉我什么？"男爵问。

"您儿子是应您的要求才加入的这趟旅程，"哈里森对男爵说，"但他这么做，也是为了接近他心爱的女人。"

"噢不。"塞拉轻声地说。

"麦洛之所以对克莱德总探长说谎，是因为火车从巴勒特到阿伯丁的途中，他和某个人在一起。"

"大家都说谎的话，侦探还怎么工作？"克莱德总探长气呼呼地说。

"我原以为是麦洛与塞拉相爱了，"哈里森解释道，"我听到塞拉拿结婚的事情调侃麦洛，她还挽着他的手臂……但他爱的不是塞拉。"哈里森看着麦洛，问道："您爱上的其实是露西，是不是，麦洛？"

"噢！"露西用手捂住了通红的脸颊。

"我以为露西是替塞拉去取您的信，但其实这些信就是给她的。火车开往阿伯丁时，她去见您而不是塞拉。塞拉才是那个没有不在场证明的人，所以她才让露西替她撒谎。"

"你也撒谎了？"克莱德总探长看着塞拉责问道。

"塞拉想要有个不在场证明，"哈里森继续说，"因为她曾经有过入店行窃的案底。"

莉迪亚·皮克尔深吸了一口气："我就知道！我说什么来着？"她说着转向塞拉。"如果你从你最好的朋友那里偷走了世界上最大的钻石，八卦杂志估计会欣喜若狂。"她对那位女演员说道。

"她才是小偷？"皮克尔先生惊呼一声，他看上去好像心脏病要发作了似的。

302

"不，不是我！"塞拉吼道。

"麦洛说谎是为了保护露西。"哈里森接着又说，"塞拉说谎是为了保护自己，而且她还让露西也说了谎。"他看着麦洛，接着说道："我看到您塞进口袋里的那个闪闪发亮的东西，应该就是在煤水车里找到的手镯，它应该是露西的。"他拿出速写本，翻到观光车厢的那一幅速写画。"我们刚上火车那天，我甚至还画过她戴着这个手镯的样子，但我并没有把这些事情联系起来。您在走廊里遇到我们时，本来是准备去还手镯的。由于当时没能还给露西，所以您把它留在了自己的包厢里，放在了肥皂盒里。当火车停在巴勒特时，小偷有足够的时间透过窗户看到它，并计划好之后如何将它偷走。"

"你怎么会知道手镯的事情？"麦洛惊讶地问道。

哈里森的脸一下子变红了。"玛琳和我当时非常确定您就是那个小偷，火车进入塞特尔站时，她从窗户爬进了您的包厢。我们原以为手镯是条线索。可后来真正的小偷闯了进去，偷走了手镯，所以她不得不躲进了沙发下面。等她准备离开时，普拉特尔探长看到了她，并且发现您包厢的门锁被撬开了，于是就逮捕了她。真正的小偷把手镯扔进了煤水车，就是为了嫁祸

303

给辛格先生和玛琳，让总探长指控他们父女是小偷。"哈里森叹了口气说道。

"没人认领那个手镯，"哈里森把脸转向塞拉，"因为那样的话，他们就不得不解释为什么露西的手镯会在麦洛的包厢里，这会揭开他们的秘密。"

"但是您认出来了，是不是？您知道这是怎么回事。"哈里森看了看露西。"所以我才听到您在洗手间里哭。"他对露西说道。

麦洛把手伸到桌子的另一边，拉住露西的手。"你哭了？"他问。

"我把她开除了，"塞拉说，"她是个满嘴谎话的小荡妇。"

"我唯一说过的谎就是你要我说的谎。"露西厉声地对塞拉说。

"你把他从我的身边偷走了！"塞拉大喝道。

"人不是财产，塞拉，"麦洛说，"我从来就不是你的。"

"噢，拜托，"塞拉摇了摇头，"我不明白你看上她什么了。她甚至长得都不好看。"

"我觉得她很漂亮，"麦洛笑着牵起了露西的手，"而且我打算娶她，如果她也愿意的话。"

"噢！"露西的脸涨得通红，"好吧，我愿意。"

埃森巴赫男爵站了起来。"麦洛，请允许我第一个祝贺你，你们真是天作之合。"他看了看露西，"欢迎你加入我们这个家庭，亲爱的。"

塞拉满脸厌恶地把脸转向了别处。

"嗯哼。"兰斯伯里夫人礼貌地咳嗽了一声，"真是太有趣了，但这是否意味着是那个女演员拿走了我的耳环呢？"她转向塞拉："我真的很想把它们拿回来。"

"我把麦洛和露西的名字从嫌疑人名单上划掉了，因为他们有不在场证明。"哈里森走上前说，"莉迪亚·皮克尔和兰斯伯里夫人，我觉得你们也没有嫌疑，因为你们都是盗窃案的受害者，而且你们本身就很富有——我看不出你们俩有什么偷窃的动机。"

"我们不会偷自己的珠宝。"史蒂文·皮克尔气呼呼地说。

"或者至少我原本也是这么想的——直到我知道您陷入了财务危机，皮克尔先生。"

"你说什么？"

305

"高地猎鹰号离开国王十字车站时，欧内斯特·怀特在车上安装了麦克风。"哈里森指着夹在窗户上的圆头麦克风说，"他想保留火车最后一次旅行的声音，但它也记录了那张桌子上的一部分对话。"

"什么？"皮克尔先生瞪大眼睛看着麦克风说。

"我不是故意的，"欧内斯特毫无歉意地说，"可你声音太大了。"

"格瑞莱克斯火车公司急需用钱，"哈里森说，"皮克尔先生此行就是想说服埃森巴赫男爵和兰斯伯里夫人给他的公司投资。"

"是吗，宝贝？"莉迪亚·皮克尔眨着眼睛问道，"我还以为是因为你想参观一下城堡。"

"那些都是私人谈话！"皮克尔先生咆哮道。

"您有可能为了保险金偷了您妻子的胸针，"哈里森说，"而且这样一来，当阿特拉斯钻石项链被盗时，人们也不会怀疑到您的身上。"

莉迪亚·皮克尔倒吸一口冷气："你不会吧？！"

"你这个小鬼！"史蒂文·皮克尔用手拍着桌子，"这真是太令人气愤了。我要告你诽谤，你这只小蛆虫！"

"您成了我的头号嫌疑人，"哈里森坚定地盯着史蒂文·皮克尔，享受着这一刻的感觉，"胸针被偷的时候，您就在观光车厢里。王妃项链被偷的时候，您也没有不在场证明。您有动机，而且您还一直把嫌疑往我身上推。"史蒂文·皮克尔的脸都变紫了。"尽管如此，"哈里森总结说，"还是不对。不管是谁把项链换成了赝品，他都必须迅速而且无声无息地做成这件事情。这次犯罪是由一个非常聪明的人精心策划的，不可能是您。"

史蒂文·皮克尔的嘴像金鱼一样一张一合，艾米发出一声咏的笑声。

"我怀疑过你们所有人，甚至包括我的舅舅。"哈里森对车厢里的所有人说，"只有一个人，我知道她肯定没有犯罪，那就是玛琳·辛格。"他转向克莱德总探长。"因为我们从巴勒特回来的时候，她正在发电机室里吃烤饼。"他说。

克莱德总探长双手抱着头。"你们当中有谁跟我讲过一句真话吗？"她问。

"我转了一圈又一圈，想弄清楚到底是谁藏在王妃的衣橱里把项链调了包。谁有钥匙？谁有这个机会？这条项链的仿制

307

品一定是由某个技艺高超的工匠提前制作好的。这场犯罪一定是经过精心策划的。但这是一个多么愚蠢的计划啊——躲在衣橱里面，等着王妃把项链取下来。谁会策划这样的罪行呢？然后我意识到，谁也不会这么做，因为项链不是在那个时候被偷的。"

克莱德总探长抬起头。"什么？！"她问。

"偷胸针的人是趁别人还戴着它的时候下的手，"哈里森说，"那是惯偷的标志。他们看到自己想要的东西，然后用灵活的手指和障眼法把它偷走。"他摇了摇头，接着说道："直到那时我才意识到钻石项链一定是在王妃上火车之前就被偷了。项链是在巴尔莫勒尔堡被偷的。"

"那不可能。"听到王子的说话声，人们纷纷转过头看着他。

"殿下。"哈里森朝他点了点头。

"你们抵达巴尔莫勒尔堡之前，我妻子才从保险箱里把项链拿出来。"王子说，"从那之后，它就一直戴在她的脖子上，很多人都亲眼看到了，包括我自己。直到我们进了火车车厢，她才把项链取下来。"

"没错。"哈里森说，"正因如此，谁也没有想到它在那之前就被人偷了，但事实确实如此。"

"它是什么时候被偷的，哈里森？"王妃站到了丈夫的身边。

"一名手法娴熟的小偷，"哈里森说，"当着大家的面从您的脖子上偷走了项链。这个小偷多年来一直在盗窃她上流社会朋友的珠宝。"他转身一指："就是兰斯伯里夫人偷的。"

# 走下火车

兰斯伯里夫人哈哈大笑，"你开玩笑吧，孩子！"她说。

"在珠宝窃贼作案的每一次宴会上，您都是客人。"哈里森说。

"我受邀去参加各种社交活动，"兰斯伯里夫人说，"但这并不意味着我就是个小偷。我也是盗窃案的受害者，记得吗？"

"我记得。"哈里森点了点头，举起他的画，"我记得您戴着黑色的耳环在观光车厢里晃来晃去。您现在戴的耳环看上去很像是镶着钻石的绿宝石。"他把速写本翻到了她的侧影速写画的那页，说道："您去巴尔莫勒尔堡时戴着巨大的方形钻石耳环，但我从没见您戴过您说的被偷的那对珍珠耳环。"

"这个嘛，我的首饰盒里有很多对耳环。"

"那小偷为什么不把它们全拿走呢？"哈里森问道。

一阵惊愕的沉默。

"有那么多钻石首饰可以偷窃，小偷为什么只偷了一对珍珠耳环呢？我觉得您的耳环压根儿就没有被偷走。您为了不让别人怀疑您，故意编造了这样一个故事。"

"真是荒谬至极。"兰斯伯里夫人看着王妃。"你是说我从王妃脖子上扯下了项链？真要这样，她肯定会注意到的。"她说。

"您不是从她脖子上扯下来的，"哈里森说，"而且您也不是单独行动。"

"我累了。我要回包厢了。"

"您的儿子特伦斯·兰斯伯里协助您作了案，或者说是我们在高地猎鹰号上认识的那个他——罗文·巴克——您的侍从。"

"特伦斯，"王子转身盯着罗文，"天哪，真的是你吗？"

"他尽可能地避开了所有人，尤其是您。"哈里森对王子说，兰斯伯里夫人的儿子低下了头。"他减了肥，还染了头发，但您还是有可能会认出他来。艾萨克给了我一张王子和家人们站在高地猎鹰号旁边的照片，"哈里森举起了照片，"兰斯伯里夫人，这是您、您的丈夫、您的女儿和您的儿子。"他看着那个他熟悉的叫罗文·巴克的人，接着又说："您之前挺可爱的，满脸笑容，没有胡子，现在还是那张脸——只是老了一些。我也是在画您的时候才意识到的。"

"那又怎么样？"兰斯伯里夫人激动地说，"我儿子是来帮我照顾狗的。可怜的孩子刚从监狱里出来，他需要一份工作——我觉得用他自己的名字在这里当侍从会非常尴尬，所以我们假装他是另外一个人。这不是犯罪。这是善举。"

"可是您为什么要养狗呢，兰斯伯里夫人？"哈里森问，"您好像并不喜欢它们。您叫错了它们的名字，您的儿子对它们也不好。狗不喜欢一连好几天被关在火车上，那您为什么还要带它们来呢？"哈里森感觉自己开始生气了。"您养狗是因为您需要它们来实施犯罪。"他摇了摇头说。

"它们刚上车的时候，我觉得它们很淘气。但如果我让它们坐下，它们就会乖乖地坐下。我以为那是因为它们喜欢我，但我发现罗文带它们去洗手间的时候，它们也会听从他的哨声。

那为什么他在其余的时间里都要做出一副难以控制住它们的样子呢？除非他是装的。"

"但是那些笨狗每次看到我就攻击我！"塞拉喊道。

"登上火车后的第一晚，我去了罗文的包厢给狗画画，"哈里森一边翻着速写本一边说，"我在盥洗池边看到了几瓶吉亚斯塔拉香水。"

"那是我喜欢用的香水。"王妃说。

"我也是。"塞拉说。

"罗文——我是说特伦斯——专门训练过那几只萨摩耶犬，让它们一闻到王妃喜欢用的香水就会上蹿下跳，叫个不停。他不知道塞拉用的也是这款香水，但没关系。重要的是，这些狗会围着王妃。"他看着王妃。"在巴尔莫勒尔堡，您说过您很喜欢萨摩耶犬，对吗？"他问。

王妃点了点头，回答道："我小时候就养过一只。"

"兰斯伯里夫人知道这一点。她猜到如果几只狗向您跑过去，您肯定不会

313

逃开，反而会抱它们。"哈里森说。

"我喜欢萨摩耶犬为什么会给他们机会偷走我的项链呢？"王妃问道。

"看好了，"哈里森说，"纳撒尼尔舅舅？"

纳撒尼尔舅舅从夹克口袋里拿出一瓶吉亚斯塔拉香水，朝哈里森眨了眨眼睛，然后把香水越过人们向哈里森抛了过去。哈里森一把接过，把香水喷向空中。闻到香水味道的四只狗立刻狂吠起来，一个劲儿地拉扯着各自的牵引绳，特伦斯·兰斯伯里吃力地在后面拖着它们。只有贝莉没有跳来跳去，还是趴在他的脚边，低声呜咽。

"几只狗在巴尔莫勒尔堡下车后便闻到了您的香水味，然后就朝您冲了过去。"哈里森对王妃解释道，"特伦斯假装控制不住它们，但其实它们接受过训练，就是为了冲撞您。兰斯伯里夫人跑过去搂住了您，她当时在您身后，罗文牵着狗在您的前面，有那么一瞬间，我们谁也看不见您。"

"大家都很惊讶，也很担心。在一片混乱中，兰斯伯里夫人用她那灵巧的手指从钱包里取出了那条假项链，解开了项链扣，将两条项链调了包——把真的阿特拉斯钻石项链放进了她自己

314

的手提包里。等他们把您扶起来时，您戴着的就已经是赝品了。兰斯伯里夫人把装着真项链的手提包交给了特伦斯，并让他回到了火车。整件事情就发生在众目睽睽之下，但我们都没有注意到。"哈里森接着说道。

兰斯伯里夫人开始慢慢地鼓起了掌，然后从座位上站起来，向他走了过来。"一个绝妙的故事，"她满不在乎地说，"不过简直是一派胡言。我拥有的珠宝比女王还多，我为什么还要偷珠宝呢？我不需要它们。我已故的丈夫，阿伦德尔伯爵，是我国最富有的人之一。"

"他以前或许是，"哈里森说，"他给您留下了一座豪宅，还有一笔巨额债务。艾萨克说的一句话在我脑海里挥之不去：伪造项链的人肯定是个艺术家。这不是您第一次用玻璃赝品了吧？您是不是把自己的很多珠宝都卖了，然后换成了假货？我想您应该就是从这之中得到了灵感。"

"胡说八道！"兰斯伯里夫人怒不可遏地说道。

"但完全说得通。"克莱德总探长站起身来说。

"那真的项链在哪儿呢？"兰斯伯里夫人得意地问，"胸针在哪儿呢？我偷的那些珠宝都去哪儿了呢？"

"这里。"玛琳从她的藏身之处走了出来，手里拿着那个蓝色的手提箱说道。

"你应该待在行李车厢里。"克莱德总探长说。

"这是什么味道？"埃森巴赫男爵皱着鼻子问。

"您计划中最聪明、最残忍的一点就是您巧妙地骗过了一队警犬。您不仅利用自己的狗去偷珠宝，"哈里森说着，感觉到自己肚子里的怒气越积越多，"您还利用它们把珠宝藏起来。您偷走莉迪亚·皮克尔的胸针后，特伦斯便把它裹在一块烤牛肉里喂给了维京。项链您也是这么处理的——您把链子弄断，然后拿去喂给了狗。这就是为什么特伦斯总是在狗狗们上洗手间的时候跟着它们，将它们的粪便收集、装袋，还给那些袋子贴上了标签的原因。"

玛琳啪的一声打开那个蓝色的手提箱，里面是一个个贴着白色标签的湿乎乎的黑色袋子，同时，一种令人作呕的味道把战栗带给了车厢里的每一位乘客。

"每个标签上都标明了这是哪一只狗的粪便。您打算回家后再仔细检查，把您偷的东西都找出来。"哈里森说。

"呕——这太可恶了！"莉迪亚·皮克尔做了个鬼脸，"我

316

感到很难受。"

"可是阿特拉斯钻石太大了，"哈里森说，"您把它喂给了贝莉，害它生病了。你们看它，它现在这么难受就是因为那颗钻石。"

"噢不！"王妃跑到贝莉身边，跪了下来。那只狗一脸凄凉地抬头看着她。

"克莱德总探长，如果您检查一下手提箱里的小袋子，我相信您会找到被拆开的胸针和项链。"哈里森从玛琳手里接过打开的手提箱，递给了总探长。"您甚至还能找到肯特男爵夫人的红宝石戒指。"他说。

"这应该是普拉特尔探长的工作。"克莱德总探长一边说，一边迅速把那只装着一袋袋粪便的箱子递给了身旁面无表情的探长。

"我现在不确定我还想不想要回那枚胸针了。"莉迪亚·皮克尔皱起鼻子说。

"我们要拿回来。"皮克尔先生说。

"兰斯伯里夫人、特伦斯·兰斯伯里，你们俩都被捕了，"克莱德总探长走上前说，"等我们到了帕丁顿，我们会带你们回去问话。在那之前，你们俩都只能待在自己的包厢里。"

"我可不这么认为。"兰斯伯里夫人说。

说完，她一把抢过哈里森手里的吉亚斯塔拉香水，朝着克莱德总探长的眼睛喷了几下，然后将香水瓶摔碎了。几只狗一下子失控了，大声叫着跳到了总探长的身上。总探长被撞倒在一张桌子上，两只眼睛都看不见了。在一片混乱中，兰斯伯里夫人伸手拉下了紧急刹车绳。

高地猎鹰号的真空刹车砰的一声锁死了车轮，紧接着是一声刺耳的噪声，一股强大的力量把玻璃杯和瓷器从桌上推了下去，在地板上摔得粉碎。乘客们紧紧地抓住椅子的扶手。普拉特尔探长失去了平衡，他手里的行李箱向前飞了出去，一袋袋粪便朝四面八方甩了出去。皮克尔先生突然大吼一声，原来是其中一个袋子打在了他的前额上，袋子破了，里面的东西溅得到处都是。

兰斯伯里夫人跃过车厢，把王妃推到一边，把贝莉从地上抱了起来。

"拦住她！"纳撒尼尔舅舅一边喊，一边跌跌撞撞地跟着她。兰斯伯里夫人和贝莉就这样跑进了爱德华国王厅，不见了踪影。

哈里森把玛琳拉了起来，他们和纳撒尼尔舅舅一起贴着墙，艰难地向前走着。车厢还在颤抖，火车发出刺耳的声音。他们穿过图书室和游戏室，追赶着伯爵夫人。当火车终于停下来时，他们冲进了观光车厢。

兰斯伯里夫人打开了通往露台的门。

"拜托，伯爵夫人，"纳撒尼尔舅舅喊道，"放弃抵抗吧！你无路可逃了。"

"我不要坐牢！"她大喊一声，撩起裙子，跳到了铁轨上。然后，她把贝莉撂在地上，拉住它的牵引绳。

哈里森、玛琳和纳撒尼尔舅舅冲到露台上，跳下车的兰斯伯里夫人正沿着一条与铁轨平行的小路逃跑，她一只手努力让自己的身体保持平衡，另一只手则拖着跟在身后的贝莉。

"我们现在的位置在奇彭纳姆 ① 和斯温登 ② 之间，"纳撒尼尔舅舅看着他们身边向四面八方伸展开的黄色麦田说。"不，哈里森，"纳撒尼尔舅舅抓住哈里森的胳膊，阻止他跳上铁轨继续追

---

① 奇彭纳姆为英格兰西南部的一座城镇。——译者注
② 斯温登为英格兰南部的一座城镇。——译者注

兰斯伯里夫人，"我们在主干线上。这里太危险了——经过这里的火车时速都超过一百英里了。等警察来——她走不远的。"

"上来！"玛琳正沿着白色的梯子向车厢顶部爬去。"我们可以看到她去了哪里。"她说。

哈里森看了看舅舅。

纳撒尼尔舅舅点了点头："我在这儿等警察来。"

哈里森爬上梯子，跟着玛琳沿着观光车厢顶部的金属条走了几步。火车停了下来，周围除了风吹麦子的沙沙声，什么声音也没有。

"她在那儿。"玛琳跳到车厢顶上，指着远处说道。

"她在做什么？"哈里森盯着兰斯伯里夫人，看见她在离哈里森两段铁轨远的地方停了下来。

"她的脚被卡住了吗？"玛琳问。

"不，是贝莉，"哈里森说，"你看。"

兰斯伯里夫人正拼命地拉着贝莉的牵引绳，但那只狗却依然一动不动。

就在这时，远处突然传来火车鸣笛的声音。

"那是城际125号！"玛琳喊道，"它马上就要到了！"

　　但哈里森已经从观光车厢和爱德华国王厅之间的梯子上爬了下去。他一跃跳到地上，踩着道砟跑了出去。

　　"哈里森，不！"玛琳喊道。

　　哈里森还在狂奔——没有时间回头看了。他看到兰斯伯里夫人还在努力地拽着牵引绳。

　　"离开铁轨！"他大声喊道，他脚下的铁轨开始微微颤抖起来，"火车要来了！"

"快点儿，你这只笨狗！"兰斯伯里夫人一边喊，一边拽着贝莉的牵引绳，"我命令你。"

贝莉看起来被吓坏了，蜷缩着趴在她的面前，紧紧地靠在栏杆上，拒绝在柴油特快高速列车向他们驶来的时候移动一步。火车的汽笛声再次响起，兰斯伯里夫人猛地抬起头，盯着火车的正脸——但她仍然没有要松开牵引绳的意思。

"放手！"哈里森尖叫着向前冲去，一把抓住了贝莉的项圈，把它抱在怀里。他纵身越过栏杆，冲向兰斯伯里夫人，把她撞翻在地。快车呼啸而过时，摔倒在地的他们正好滚出了轨道。疾驰而过的火车发出震耳欲聋的声音，强大的气流把轨道两旁长长的野草都吹倒了。

"哈里森？"隐约中，他听到了舅舅的声音，"噢，我的老天啊，不！哈里森！"

"在这里，"兰斯伯里夫人用尖酸刻薄的语气说，"他还活着。我也是。"

贝莉舔了舔哈里森的脸，他则好好地抱了抱它。

一队警察从火车上跳了下来。普拉特尔探长正推着双手已经被铐住的特伦斯·兰斯伯里往前走着。

"你这个笨孩子！"纳撒尼尔舅舅跑到哈里森的跟前，"你为什么要这么做？"他的脸颊上还挂着泪水，激动地说："我以为要失去你了。"他跪下来，抱住了哈里森。

"她差点儿死了，"哈里森弱弱地说，"我以为警察会来。"

"他们在等着火车过去。"

"妈妈！"特伦斯·兰斯伯里跪在了兰斯伯里夫人的身边。

她把手放在他的脸颊上。两个警察扶起伯爵夫人，把她也铐了起来。特伦斯看着哈里森。

"谢谢你，你救了我妈妈的命。我知道你肯定觉得我们不过是两名小偷，但她是我妈妈，她一直在尽力为我们好。"

其他乘客从餐车的窗户往外看时，哈里森已经裹上了一条毯子。克莱德总探长小心翼翼地把贝莉抱在怀里，纳撒尼尔舅舅则坚持把哈里森背回了他们的包厢。一名警官在包厢里与他聊了会儿天，确认他没有受到惊吓。

高地猎鹰号再一次缓缓启动起来，朝着它最后一段旅程的终点站——帕丁顿驶去。

## 第三十三章

# 下一站

庞大的人群聚集在帕丁顿车站高高的拱门下，等着迎接高地猎鹰号的到来。哈里森穿着黄色的外套，背着背包，从餐车里走出来踏上了红毯。他不过是在这列火车上待了四天，但高地猎鹰号仿佛已经成了他的老朋友，告别让他感到难过。纳撒尼尔舅舅站在他的旁边，胳膊上搭着雨伞，手里拿着手提箱。

玛琳跳下驾驶台，沿着站台向他跑了过来。"我爸爸有话和你说！"她喊道。

蒙哈吉特·辛格从一股蒸汽中钻了出来，他手上的手铐已经被取了下来。"哈里森·贝克,"他握着哈里森的手,"对于你为我和我女儿所做的一切,我永远心怀感激。欢迎你随时来我们家做客。另外,只要是我驾驶火车,也欢迎你随时来驾驶台玩。"他直视着哈里森的眼睛,补充道:"但如果我又听说你在时速五十英里的火车顶上爬,我就……"

"你说什么?"纳撒尼尔舅舅看上去显得非常惊讶。

"哈哈,他开玩笑的。"哈里森向玛琳的爸爸使了个眼色,"是吧,辛格先生?"

玛琳的爸爸拍了拍哈里森的肩膀,说道:"开个小玩笑,布拉德肖先生。"

"那就好,"纳撒尼尔舅舅用手捂住了自己的胸口,"不然,贝弗利再也不会跟我说话了。"

"等爸爸开始他的新工作时,我们想让你过来住几天,"玛琳兴奋地说,"他会教我们如何驾驶火车。"

当王子走下火车时,人群中爆发出一阵欢呼声。他转身向后伸出手,王妃出现了,他们向欢呼的人群挥手致意。

"哈里森·贝克和玛琳·辛格!"王子向他们喊道,示意他们过去。

纳撒尼尔舅舅轻轻地往前推了他们两个一把。当他们走向王子和王妃时，玛琳抓住了哈里森的手。

"多亏了你们的友谊、勇气和推理能力，阿特拉斯钻石才能很快回到王室存放珠宝的地方。"王子笑了笑。"你们抓住了盗窃肯特男爵夫人红宝石戒指的珠宝窃贼，她肯定会奖励你们的。"他说。

"我们会得到奖励？"玛琳惊喜地问。

王子点了点头，"不过，我想亲自对你们表示感谢。"他把手伸进夹克的口袋，掏出一个银光闪闪的哨子，"这个铁路哨子曾经属于我的爸爸。"王子轻轻地弹了弹哨子，哈里森看见它上面刻着"高地猎鹰号"几个字，王子说着把它递了过来，说道："我想把它送给你们。"

"谢谢您，先生……陛下、殿下、王子、先生。"玛琳激动得语无伦次，伸手接过了哨子。

"好好保管它。"王子说。

"这是不是那只哨子……我是说……欧内斯特·怀特跟我讲过一个关于您爸爸的故事，说他无意……"哈里森激动地问。

王子点了点头："我曾祖母永远也不会原谅他的。"

"高地猎鹰号要进博物馆里了，您不难过吗？"哈里森说着，视线越过王子，看了看猩红色的火车头。

"所有人都可以在博物馆里欣赏它，哈里森，"王子笑着说，"如果你愿意，什么时候去都可以。"

王妃弯下腰，吻了吻玛琳和哈里森的脸颊。闪光灯唰唰地闪烁了起来。"如果有什么我们能为你们做的，"她说，"你们一定要告诉我们。"

"有一件事我确实很想知道，"哈里森说，"兰斯伯里夫人的狗该怎么办呢？"

"你不用担心，"王妃笑着说，"我会好好照顾它们的。"

"可是，我想说……如果我父母同意的话，您觉得我能把贝莉带回家吗？"

"贝莉肯定很愿意。"王妃点了点头。"首先，王室兽医会给狗狗们做一次体检，"她继续说，"我们有些担心它们肚子里的东西。不过，只要证明它们的健康没有问题，我们会联系你的。"

"谢谢您。"哈里森微笑着鞠了一躬，他也不知道应该怎样表达对王室成员的感谢。

"再见！"王子和王妃异口同声地说。然后，他们笑了笑，手牵着手走向了欢呼的人群和一排排摄像机。

玛琳低头盯着手里的哨子："它属于我们两个人。你拿六个月，我拿六个月。这样我们也能见上面了。说好了？"

"说好了。"哈里森说。"不过你先拿着，因为我还要接贝莉，"他在人群中四处寻找着，"如果爸爸同意的话。"

"走吧，哈里森，"纳撒尼尔舅舅喊道，"你妈妈肯定在找你了。"

"那再见了。"玛琳说。

哈里森点了点头："再见。"

他转过身，看到人群中妈妈的脸庞就像一座灯塔似的在闪闪发光，于是他向她跑了过去。

"哈里森！"妈妈把他拽过警戒线，给了他一个温暖的拥抱。"噢，我好想你，宝贝。你又长高了吗？"她惊讶地说，"你才离开了四天呢！"

"嘿嘿。"哈里森笑了笑，他很喜欢妈妈这样逗他。

"我给你介绍一个人，"她转过身，"科林？"

哈里森的爸爸走上前来，怀里抱着一个裹在白毯子里的婴儿。

"这是艾莉，"爸爸说着把她递给了哈里森，"她是你的小妹妹。双臂交叉一点儿，确保你能托住她的头，就是这样。"

　　艾莉的身上非常暖和，她闻起来就像牛奶和滑石粉的味道。她闭着眼睛，嘴巴在缓缓地嘟囔。哈里森低头看着他的小妹妹，繁忙车站里所有的嘈杂声都渐渐消失了。

　　"嗨，艾莉，"他轻声地说，"我是你的哥哥。我会好好照顾你，并把关于蒸汽火车的知识全都教给你。"

　　"旅途还好吧，纳撒尼尔？"他爸爸问道。

　　"那可真是一场冒险，"纳撒尼尔舅舅说，"我觉得这趟旅行能让我写出一本好书。"

　　"他没给你添麻烦吧？"他妈妈又补充了一句。

　　"正相反，"纳撒尼尔舅舅揉了揉哈里森的头发，"我很乐意随时带他去旅行。"

　　"真的吗？"哈里森猛地抬起了头。"什么时候？"他问。

　　"我计划搭乘加州彗星号穿越美国，"纳撒尼尔舅舅的眼睛里闪烁着光芒，"有兴趣吗？"

　　哈里森咧嘴一笑："当然了！"

作者笔记

# 致亲爱的读者

在《高地猎鹰号盗窃案》中，我们试图忠实而准确地描述英国的铁路。然而，我们必须承认，为了创造出一个好故事，在部分内容上我们还是自由发挥了一些。希望你能原谅我们在有些地方偏离了事实，我们在这里向大家坦白：

### 阿伯丁至巴勒特

很遗憾，你再也不能搭乘火车从阿伯丁前往巴勒特去拜见女王了——不过，你也可以走一条叫作迪赛德的小路，这条路就修在原来轨道所在的地方。迪赛德线本身已于1966年停止对乘客开放，其中一小部分作为纪念路线运营至今，即我们所说的王室迪赛德铁路。巴勒特火车站仍然在那里，不过现在已经变成了一个博物馆。

除了迪赛德线之外，你还有机会体验高地猎鹰号的大部分旅程。在爸爸妈妈的帮助下，萨姆和布里奥在客厅的地毯上做出了整条线路的模型——包括因弗内斯这个潮湿的站点。火车

在有些地方需要掉头，但我们并没有详细描述，因为我们不想
拖慢故事的节奏。


## 水槽

东海岸干线上已经没有了水槽。这条线路现在完全电气化
了。水槽很久以前就消失了，但我们认为它们仍然是蒸汽火车
旅行中令人无比震撼的一部分。我们在这个故事里加入了一个
水槽，这样一来，哈里森就有机会亲眼看到驾驶台上的奇迹了。


## 高地猎鹰号

高地猎鹰号只存在于这个故事中。我们之所以为这列王室
专列选择了 A4 太平洋型火车头，正是因为它独特的流线造型，
而且它也是专门为高速行驶而设计的（由奈杰尔·格雷斯利爵
士设计）。最著名的 A4 太平洋型火车是野鸭号，它至今仍然保
有最快蒸汽机车的世界纪录。

许多 A4 太平洋型火车都是用鸟的名字命名的。我们决定用
游隼的别名给这列火车命名——高地猎鹰。游隼这种动物生活
在苏格兰高地，是地球上速度最快的动物之一，瞬间的潜水速

度能达到每小时二百英里，比最快的蒸汽火车还要快。

我们的火车头可能是虚构的，但自 1842 年维多利亚女王统治以来，就一直有王室专列。1961 年，英国王室参加肯特公爵在约克大教堂举行的婚礼时，便是由一辆 A4 太平洋型火车牵引着王室专列。

### 更多……

如果你想了解更多关于火车的知识，我们推荐你去约克铁路博物馆。你可以走上野鸭号——一辆真正的 A4 太平洋型火车，还能看到王室专列。玛琳就是在那里爱上了火车。

致 谢

当我的朋友萨姆·塞格曼问我下一步打算写什么时，我告诉他我想写一部以火车为背景的冒险系列小说。我之所以有了这样的想法，是因为我的孩子们很喜欢《托马斯小火车》以及得宝、霍恩比和乐高推出的火车头玩具。但当我年龄最大的孩子告别了玩具，想要读一些关于火车的书时，他发现很难找到一本书能够给他真实感，为他介绍火车路线、实际情况以及关于火车头的各种细节。当然了，还得是用他们所能掌握而且喜欢的语言。我很想写一本这样的书，但却迟迟未能下笔，因为我对铁路一窍不通。但我的这个想法激发了萨姆的热情，他说他小时候要是有一本这样的书，他肯定爱不释手，我应该抓紧时间把它写出来。他向我提供了各种各样的谜题、能够承载这些故事的火车以及它们可能行驶的路线的信息。我当即意识到，只有萨姆同意和我一起写下这些故事，这套"火车探案记"才有可能变为现实。于是，我询问了他的意见。我们的旅程就这样开始了。

　　创作这些故事的过程非常有趣。萨姆是一位出色的写作搭档、一个很棒的朋友、一个令人愉快的合作者，他勤奋、乐观而且十分慷慨。我很感激这些书给我的生活所带来的一切，尤其是有机会和萨姆一起工作，他点燃了我对铁路毕生的激情。

衷心地感谢小说的试读读者——我的丈夫萨姆·斯帕林和我最好的朋友克莱尔·拉基奇。他们从初稿开始就爱上了这本书，并在我面对不安的时刻为我加油打气。

我永远感激我的丈夫，他和我一起工作，无时无刻不在支持着我，对我的信任比任何人都要多。这本书在很大程度上反映出了他内心的样子——一个喜欢火车的男孩。

我还要感谢我的公公约翰·斯帕林，他热情地分享了他的知识（以及他朋友们的知识），给我寄了许多与火车相关的剪报，并纠正了我的错误。

我也想对汤姆·利普、弗朗西斯·塞奇曼和辛西娅·塞奇曼说声感谢，感谢他们让我待在他们的空房里，促成了一次又一次的写作讨论会，并为我提供了无比美味的食物。

非常感谢我们超一流的经纪人科斯蒂·麦克拉香兰，是她看到了这个想法的潜力，鼓励我和萨姆并肩合作，并在麦克米伦出版公司为这套"火车探案记"找到了安身之所。

还要感谢露西·皮尔斯（我们优秀的火车爱好者及编辑）、

凯特、乔、威尼西亚以及所有在麦克米伦出版公司工作的人，感谢你们所有的辛勤工作和你们对火车的热爱。请允许我们向你们致敬。

M. G. 伦纳德

我首先必须感谢的就是我才华横溢的父母，没有他们，这本书就不会存在。我要感谢他们，因为他们总是尽其所能用书籍、冒险、时空来填满我的想象。他们会带我去有蒸汽火车的地方度假，去剧院看神秘的谋杀案，去篱笆迷宫找出路，他们还会陪我玩我设计的小游戏，在海边帮我给笔记本中的人物起名字。这本书正是我自己一直想要看的书，你们给了我写这本书所需的一切。谢谢，谢谢，谢谢。

　　要是没有我的好搭档汤姆·利珀，我可能会迷失自己。汤姆应该能够理解我的这种感觉。他知道和一个创造力十足但非常情绪化的人生活在一起就是一场噩梦，但他依然爱我。谢谢你做我的啦啦队长，给我带来欢笑，让我相信自己能够做到。我爱你。

　　我一直都在写作，但我其实并不擅长写作。感谢每一个帮助我进步的人，尤其是伦农老师，她当着全班同学的面朗读我的故事，让我无地自容，并以此说服我好好学习英语。

　　感谢艾玛·雷迪，我们梦之队的第三位成员，感谢她不知疲倦的热情。谢谢萨姆·斯帕林的美味佳肴。也谢谢大卫叔叔在自家的谷仓里建造了一个那么巨大的铁路模型，你让我明白，研究火车也可以成为成年人认真对待的一种乐趣。

出版业是一个非常复杂的世界，我非常感谢我的经纪人科斯蒂·麦克拉香兰的支持，她一直在不知疲倦地、镇定地支持这个项目，并为它在麦克米伦出版公司找到了一席之地。另外，我永远感谢麦克米伦出版公司的所有员工，感谢最棒的露西·皮尔斯，她是我们遇到过的最善良的编辑，我还要感谢威尼西亚、乔、凯特以及这个团队的其他成员，他们为我们付出了很多。

但我最想感谢的还是玛雅。在我最需要的时候，她像仙女一样出现，给了我第一份真正意义上的工作，并很快从我最好的老板变成了我最好的朋友之一。与她一起工作是这整个过程中的亮点。她强烈的职业道德、无比的慷慨以及过人的洞察力让我始终佩服不已，能与她一起携手合作是我的荣幸。玛雅，谢谢你一次又一次地改变了我的生活。

**萨姆·塞格曼**

感谢阅读!

哈里森的下一趟旅程《加州彗星号绑架案》期待您的加入!